U0123831

中华人民共和国成立 70 周年 · 青海解放 70 周年 · 激情燃烧的柴达木

NAPIAN
HANHAI
NAPIAN
QING

那片瀚海，那片情

——海西州扶贫写真

寒竹 著

青海人民出版社

图书在版编目（CIP）数据

那片瀚海，那片情：海西州扶贫写真 / 寒竹著．--
西宁：青海人民出版社，2019.8
（中华人民共和国成立70周年·青海解放70周年·激
情燃烧的柴达木）
ISBN 978-7-225-05809-2

Ⅰ．①那… Ⅱ．①寒… Ⅲ．①报告文学—作品集—中
国—当代 Ⅳ．① I25

中国版本图书馆 CIP 数据核字（2019）第 197227 号

中华人民共和国成立 70 周年·青海解放 70 周年·激情燃烧的柴达木

那片瀚海，那片情
——海西州扶贫写真

寒竹 著

出 版 人 樊原成
出版发行 **青海人民出版社有限责任公司**
西宁市五四西路 71 号 邮政编码:810023 电话:(0971)6143426(总编室)

发行热线 （0971）6143516/6137730
网 址 http://www.qhrmcbs.com
印 刷 青海雅丰彩色印刷有限责任公司
经 销 新华书店
开 本 720 mm × 1010 mm 1/16
印 张 16.5
字 数 130 千
版 次 2019 年 8 月第 1 版 2019 年 8 月第 1 次印刷
书 号 ISBN 978-7-225-05809-2
定 价 47.00 元

谨以此书献给为海西州的建设做出贡献的人们

序

王贵如

在欢庆新中国成立 70 周年、青海解放 70 周年之际，海西蒙古族藏族自治州文学艺术界联合会与青海人民出版社联手打造了一套以海西为书写对象的长篇纪实文学作品。它们分别是刘玉峰的《大路朝天》、李向宁的《花开柴达木》、寒竹的《那片瀚海，那片情》、夏连琪的《绿色向戈壁延伸》。

这是一套讴歌柴达木、抒写中国梦、讲述奋斗故事、记录时代变迁的书。

我是一个"老海西"，20 世纪 60 年代末一毕业就被分配到海西工作，直到 20 世纪 80 年代末才离开海西。20 年的守望与劳作，凝聚成我对柴达木永生难忘的记忆和挥之不去的情结。即使在离开海西 30 年以后的今天，回望那个常常让人滋生乡愁的第二故乡，我的心头依然充满了温暖和感动。读到刘玉峰等人采写的这几本聚焦柴达木的书，我感觉自己是在跟随作者，再一次用双脚丈量那一片熟悉而又陌生的土地，聆听柴达木人的心声，感知他们的幽微。说它熟悉，乃是因为书中所写的许多地方我都去过，许多人我也认识或者熟悉，许多故事我都耳熟能详，读起来有一种旧梦重温的亲切和喜悦；说它陌生，乃是因为在我离开的这些年里，海西有了许多新的进步，很多工作，如资源开发、循环经济推进、生态环境保护、公路建设、扶贫攻坚等等，都取得了过去难以想象的发展。许多地方变化日新月异，很难再寻觅昔日的踪迹。凡此种种，都使我不能不有"旧貌换新颜"的惊叹和感慨。

纪实文学是行走的文体。为写这几本书，几位作者深入柴达木盆地，做了较长时间扎实的采访，搜集了大量的第一手资料。这样的脚力和眼力，这样全身心地投入创作，深扎写作客体的现场，奠定了这几本书写作的坚实基础。正因为作者们秉持着一种真诚的创作态度，不是只做莺歌燕舞式的肤浅的赞美和苍白的歌吟，而是饱含对柴达木建设者的真切敬仰和深切关爱之情，以文学的方式去记录柴达木几十年间的沧海桑田、风云变幻，摹写柴达木人在改革发展中的心路历程，讴歌"艰苦创业、无私奉献、勇于创新、团结奋斗、科学奉献"的柴达木精神，使作品显得内容饱满，有厚度也有温度。

现在有不少采风作品，或因做"遵命文学"，作者的内生动力不足，或因一味追求速度，采访走马观花、浮光掠影，空有骨架，生活质感欠缺，类似于故事梗概或者写作提纲。而这几本书的作者显然懂得质感的重要，与当下单纯求快之风背道而驰。他们不是只罗列数字，不是简单地铺陈建设成就，不是只做宏观层面的总体概括，而是以具体入微的勘测、考察与描绘，以时代整体与个人逸事的相得益彰，勾勒了几代柴达木建设者的人生轨迹，真实可信地再现了他们的生命群像。除了重点书写改革开放给柴达木带来的巨大变化，他们还对此前柴达木开发建设的历史进行了钩沉和梳理，从而使读者感受到了筚路蓝缕、百折不挠、砥砺前行者的英勇无畏，以及历史与现实的各种链接。他们在书中写了很多创造了英雄业绩却又默默无闻、无私奉献的普通劳动者，写了他们对柴达木和事业的挚爱，写了他们创业的艰辛和收获，生活中的进取与困惑，也写了发生在他们身上的种种故事，从而也就写出了作品应有的张力，应有的丰盈。当然，丰盈之中似乎也小有缺憾。这主要表现在书中描绘的有些人物和事件，仅停留于事迹材料的表述层面，缺乏更深层次的分析和概括，因而使得部分作品失之于"浅"，失之于"平"。

作为一种非虚构的写作方式，纪实文学写作无疑需要强调它的真实性、客观性。但在我看来，好的纪实文学作品，应该是有"我"之作。这种有"我"的主体性和作品的客观性，是一种有机的辩证关系。很显然，刘玉峰等人的长篇纪实文学，真正是有"我"的作品，作者之"我"无所不在。他们将讲述的视线，更多地引申到了人和事上，在说事的过程中，也把自己的感受和思想恰到好处地融会进去，这就使得人、事、景物的介绍与作家的情思、认识相贯通，也使作品显得更有亲和力。

海西州文联和青海人民出版社倡导和组织作家深入生活、扎根人民，围绕某些专题进行创作的做法，无疑值得点赞。它既有利于加强现实题材的文学创作（长期以来，反映现实一直是我们文学的一个弱项），也有利于作家在深入基层、贴近群众的写作实践中开阔眼界，经受锻炼，获取精神的滋养和创作的灵感与素材。

伴随着柴达木日新月异的发展，精彩的人生故事每时每刻都在演绎，取之不竭的文学富矿因此而蕴含其中。从这个意义上说，书写柴达木的文学应该大有作为，也必然会大有作为！

2019 年 8 月

前　言

《诗经·人雅·民劳》中有一句话是这样说的，"民亦劳止，汔可小康。惠此中国，以绥四方。"这句出自两千多年前的诗句深刻地表达了我们的先民在生产和生活过程中渴求美好的一种愿望。

民以食为天，就是老百姓吃饭的问题比天大。古代如此，现代也如此。中国如此，世界也如此。没有吃没有穿，归根结底就是贫困。贫困是一个世界性的问题，古老而沉重。盘古开天地，衣食住行便成为人类亘古不变的追求。饥寒和贫穷不但可以摧毁一个人的精神和意志，也在羁绊着人类社会的进步和发展。无论是发展中国家还是发达国家，消除贫困始终是世界各国面临的重大主题。

我国的贫困人口基本都集中在山区，这些道路不畅的山区，处于基础设施和公共福利的盲区，也是消灭贫困人口的难点。而移民，就成为中国 20 世纪末一个不可替代的扶贫政策——让贫困人口从贫困地区搬出来，改变地域环境造成的贫困。正是因为这样一个重要的扶贫手段，改变了很多贫困家庭的命运。

移民扶贫所达到的效果，体现出消灭贫困人口的投入力度。数据显示，我国就移民扶贫拨付的扶贫资金，从 1986 年的 19 亿，增长到 2016 年的 670 亿，30 年间增长了 35 倍，可见力度之大，决心之大，前所未有。

对于地处边缘的青海省来说，改善贫困人口现状刻不容缓，全省的移民扶贫毋庸置疑落在了有着广袤土地的海西州，而顾全大局的海西州也义不容辞挑起了这副山一样的重担。

海西的地理位置处于青海、甘肃、新疆、西藏四省区交汇的中心地带，是进出西藏的重要通道。海西，古代西羌之地，吐谷浑、唃厮啰、和硕特蒙古叱咤风云、繁衍生息的地方，留下的历史印记饱满而沧桑。中华人民共和国成立以后，建设大西北的浪潮，给这片土地带来了温度。历史的车轮滚滚向前，开拓奋进中的海西人逐步形成了"艰苦创业、无私奉献、勇于创新、团结奋斗、科学务实"的柴达木精神。柴达木精神汇集了青海人的憨厚、东北人的豪爽、山东人的田诚、陕西人的勤劳、河南人的执着和江浙人的精明。海西人，延续着这样的精神从中华人民共和国成立走到了改革开放，从改革开放走到了今天。面对扶贫这块硬骨头，柴达木精神发挥着不可替代的作用。

海西州 2003 年的一份文件中有这样的记载：1996 年，省委、省政府针对东部干旱山区自然条件差、农民群众就地脱贫致富困难、海西州具有丰富水土资源的实际，做出了"兴海西之利，济海东之贫"的扶贫战略决策。海西、海东积极落实省委、省政府的重大决策，加强交流与协作，先后完成了乌兰县赛什克农场、香巴农业扶贫开发项目、格尔木市大格勒乡等地的调庄移民。

2003 年 9 月 13 日，海西、海东在德令哈市召开的第二次党政联席会议中，总结了第一次会议以来异地扶贫开发工作取得的成绩，分析了存在的问题，并就加快异地扶贫开发进行了协商讨论。这次会议确定落实海西贫困人口 9.92 万，这些贫困人口大部分来自海东的贫困山区。

一场轰轰烈烈的扶贫持久战，在海西辽阔的土地上拉开了序幕。

2003 年，9.92 万贫困人口，这样的担子对海西州委、州政府来说，无疑重如泰山。伴随着大批移民进入海西，州委、州政府面对恶劣的环境、贫困户文化的缺失、单一的技能等等看得见的实际问题，还要面对生态失衡、水土流失等自然环境恶化带来的负重压力，方方面面稍有不慎，都可能会再次垒筑贫困滋生的温床。在这场旷日持久的攻坚战中，海西州不但在解决水利建设、电力项目、农村道路建设、草原四配套工程、教育项目、文化项目、卫生项目、技能培训等一系列基础设施建设和公共文化建设方面狠下决心，还要对解决贫困户底子薄、贫困村民自我发展能力有限、贫困村民地位弱势等一系列问题积极引导和大力帮助。

走出贫困，消除贫困，成了矢志不渝的奋斗目标。面对全新的环境，挑战自我，挑战自然，别无选择。

经过十几年的努力，2015年，按照国家现行贫困标准，海西州精准识别贫困村119个，贫困户2735户6588人。因病、因残致贫1011户2925人，占所有建档立卡人口比例的63.6%；缺劳动力、缺资金452户1149人，占比为25%；缺土地、缺技术99户240人，占比为5.2%；自身动力发展不足77户213人，占比为4.7%；因灾、因学及其他因素致贫26户70人，占比为1.5%。

"攻坚再攻坚，克难再克难，扶贫干净彻底，绝对不能落下一个贫困人口。"海西州委书记文国栋在全州扶贫会议上再次强调。于是，接近扶贫尾声的扶贫攻坚战再一次回响在柴达木盆地上。

截至2018年，海西州贫困户实现全部脱贫，贫困户的人均收入达到两万元左右。这一切成果，不仅需要大量的资金，还需要上上下下干部全力以赴投身到扶贫事业中。经过长期坚持不懈的努力，这块解决9.92万贫困人口脱贫的大骨头，海西州硬是啃了下来。

打开风雨兼程的脱贫攻坚记忆，峥嵘岁月历历在目。

目 录

2

序曲

生存，脆弱的生命与自然的博弈

贫困问题是几千年来一直困扰人类社会的顽疾，是世界性的难题。有着近14亿人口的中国，也始终将脱贫攻坚放在重中之重的位置。改革开放40年来，中国有7亿多人口脱贫，成为世界上减贫人口最多的国家。党的十八大以来，以习近平同志为核心的党中央把脱贫攻坚摆在治国理政的突出位置，以前所未有的力度全面打响脱贫攻坚战，中国贫困规模大幅缩小，农村贫困人口由2012年的9899万人减少到2017年的3046万人，累计减贫6853万人。联合国《2015年千年发展目标报告》显示，中国对全球减贫的贡献率超过70%。联合国副秘书长泰格埃格奈瓦克·盖图强调，中国的减贫经验值得所有发展中国家学习。

那时候，
我们就是拿着命在挣钱

民和县甘沟乡互助村地处黄河谷地北侧山地，属于典型的脑山地区，20世纪七八十年代，在这片贫瘠的土地上生活着回、土、汉、藏族，用穷山恶水形容这里也不为过。乡亲们靠天吃饭，为水发愁。岁月流逝，年复一年，祖祖辈辈没有任何改变。

苏玉林自小生活在这片土地上，从记事起，他就深深地体会到了父母亲在这片土地上生活的艰难和无助，那时候一家人拼死拼活只是为了生存。天时地利都沾不上的甘沟乡，让苏玉林一家甚至是一村子的人都举步维艰，因此，他便有了离开这个地方的念头。

1971年，苏玉林光荣参军，他没有多少文化，参军对他来说是一条最可行的办法。在军队的三年里，苏玉林从一个乡间的野孩子变成了铮铮铁骨的男子汉，他见了世面，学会了技能，领悟了团队的力量，从此变得野心勃勃起来。

1973年12月，苏玉林光荣退伍，回到了故乡，面对着眼前贫瘠的土地，他只有一个想法，他要脱贫，他要致富，他要改变自己家的贫穷，还要改变村里人的贫穷。1974年3月份，苏玉林被选为民和县甘沟乡互助村村委会主任，人均 1.4 亩土地、产量每亩最好也只有四五百斤的脑山小村庄，要改变贫困，只能搏命。于是，他组织村里的壮劳力开始了淘金谋生的危险之路。

苏玉林清楚地记得，有一年，他和村里一行人去可可西里淘金，一共有 10 辆卡车一起进山，刚进入可可西里，便遇到了大雪。大雪持续不断，越下越大，很快就把山封住了。可可西里从五道梁进不去，而从新疆和青海的交界处走进去，要翻过海拔 7200 米的山，人在山上走，脸是黑色的。在那个极寒极缺氧的地方，那时候即便有煤炭，即便有充足的食品，要想吃一顿饭比登天还难，两个司机出现高原反应的症状，吃不上饭，喝不下水，生病后人就没了。眼看着情况一天比一天糟糕，大家只能将能拿的东西装到两辆车上，逃荒一样地回了家。这一次，每个人不但赔了 1400元钱，连金子的样子都没有看到。苏玉林回想起那时候的情景，感慨地说："那时候我们就是拿命在挣钱。一想到挣不上钱，我这心里的急啊，说都说不出来。"就如《沙娃泪》里面所唱：

......

风里雨里的半个月礬

到了个金场里才安下了心

哎，把毡房下在沙滩上

下哈个窝子了把苦哈下

铁锨把蹭手着浑身儿酸

手心里的血泡着全磨烂

哎，半碗的清汤半碗的面

端起个饭碗着把星星看

睡在毡房里合不上眼

天没亮的时刻里可动弹

哎，身子跟上个摇篮了转

六月天的日头半天里悬

身上的泥土脸上的汗

沙娃们想家着泪不干

哎，一想起家乡着山高着路儿远

一想起父母着肝肠断

栽札哈的话儿还在耳边

出门人只为是要抓钱

哎，想起我的婆娘着心儿里酸

送我的时候泪涟涟

我的心就像个钢刀剜

想死我的尕穆萨不在眼前

哎，捎信带话的路太远

有心肠回家的没盘缠

吃苦耐劳是罪受完

出了门的人儿哈太可怜

哎，腰包里没挣上一分钱

扒上个手扶着回家转

东西行李的全撂完

一路上的寒苦哈说不完

沙娃们的眼泪淌呀不干

还有一年，苏玉林组织村里的壮劳力去果洛州的玛多县淘金，玛多那个地方海拔高、缺氧、气候极端，即便到了夏天，天气变化捉摸不定，一会儿晴空万里，一会儿乌云密布，冰雹、大雨一天好几次地拜访，一下起来和冬天就没有什么两样。到了夜里，气温急剧下降，他们只能一个人把另一个人的脚放到自己腋窝下面相互取暖，那时候金老板们每人收1400元，一个人分20厘米的地，大家抢着挖，气候、贪婪成了掌握自己生命的主要原因。为了多挖一些金子，苏玉林没日没夜地干活，手上磨出了血泡，全身关节都不听使唤，可为了改变贫穷，改变家里的境况，苏玉林都扛了过来，到底是农家的孩子，有吃苦的底子。两个多月下来，370克金子就揣在了怀里。联系好了下家，苏玉林带着村里的一个伙伴去西宁交易，就在交易的时候，公安局的人出现在眼前，370克金子全部没收，两人也被抓进拘留所关了18天。

金子没有了，法也犯了，还欠了一大笔债，对苏玉林来说，无疑又是一次重创。

黄金吸引来的，除了淘金者，还有各路强梁。一进入山中，除了因病丢了性命的，还有抢地盘斗殴失去生命的，为了将自己挖的金子保管好，每个人都是提心吊胆地过活，一旦歹人出现，那是拼了命也要保管好金子，因为那是一家人改变生活的指望。

一连两年的失利，让苏玉林变得一无所有。看着自己的父母、妻子、儿女的生活状态，回想着这几年挖金子的经历，除了1988年挖金子挣了两万多元钱，其他时候不是赔钱就是捡命回家，吃尽了苦中苦，却依然在贫困线上徘徊。不仅如此，自己当初立誓要让村民们过得好，可如今，大家也都在贫困线上挣扎，守着这一方贫瘠的土地，却怎么也改变不了贫穷的现状。在今后的几年里，苏玉林深刻地反思自己，他觉得若要脱离贫穷，还是要离开这穷山恶水的家乡。俗话说，人挪活，树挪死。于是，他决定去海西……

身上流淌的血，
变成了我们生活的指望

时间追溯到20世纪八九十年代某一天的凌晨3点，乐都县芦花乡的陈邦顺老汉像往常一样从炕上爬了起来，他穿好衣服走出家门时，已经有几人和他一样早早起了床。几个人借着月光，顺着山腰间的羊肠小道，翻过无数道山梁，赶到了位于兰州市连城铝厂职工医院内的血浆站。步行4个小时，可等待卖血浆的老乡站满了采血站的角角落落。

　　陈老汉按照程序先采血化验，合格后按顺序躺在采浆间的采浆设备旁，医护人员用专用设备从他的身体里提取了 600 克血浆。拿到 80 元的报酬后，他在医院的食堂里吃了一顿稀饭馒头，然后又拿着医院发给他的 8 两白糖和 2 两茶叶往回赶。

　　乐都县芦花乡所在地在海拔 2200 米的山上，前往山区的路仅容一辆农用三轮车通过。三轮车经过的时候，车与人都淹没在黄色的尘土之中，出去办事，一个来回，人都能叫黄土埋了。靠天吃饭的村民们，如果赶上旱灾，土豆便成了最主要的经济作物，也是他们的主要口粮。那些年，村里流行这样一句话：早晨是洋，中午是芋，晚上是蛋，一天三顿吃的是洋芋蛋。正是因为想改变一天三顿洋芋蛋的现状，卖血成了村里大多数人改变生存状态的手段。

　　陈老汉靠卖血让儿子读了高中，又考进了大学，儿子上高中 3 年时间花费 8600 元钱，上大学花去家里 63500 元，都是靠他卖血所得。为了能够把儿子供出来，陈老汉有 6 个假无偿献血证，他从 18 岁开始卖血，到供儿子上完大学，已有 30 多年的卖血史了，这无论对一个家庭还是　个人来说，都是震撼的，也是贫穷耕种的苦果。

　　对 20 世纪八九十年代的芦花乡来说，贫穷是困扰他们一生的问题，为了脱离贫穷，他们以卖血为生存方式，等于是用自己身上的肉充饥。资源限制、交通闭塞都是影响山区村民生活的主要因素，面对着望不到头的黄土地，他们和自然抗争过、博弈过，可是，生命面对自然毕竟是脆弱的、不堪一击的，尽管政府也想尽各种办法来解决山区村民的困难，但终究是杯水车薪，唯有离开这个地方，离开不会给他们更好生活的地方，才能够彻底改变艰难窘迫的生活状态。

于是，移民战的序幕在青海贫困地区，尤其是在 20 世纪的海东地区悄然拉开……

上篇

移民，一场轰轰烈烈的脱贫持久战

说起移民，移民到海西的每一个人内心都有着复杂而多变的情绪纠结，在固有传统观念的影响下，有谁愿意离开祖祖辈辈生活的土地？有谁愿意抛弃遮风挡雨的家而到一个陌生的、完全不熟悉的地方重建家园？每一个移民到海西的村民都有着他们的创业史。他们煎熬过，他们奋斗过，最终，他们把根扎到了海西。

我要把我的日子过得
像藜麦一样红红火火

柯鲁柯镇安康村的代存忠，原籍在海东地区乐都县浦台乡化庄村，属于脑山地区。到 21 世纪初，坐落在山头上的化庄村水、电、路都不通，代存忠的三辈都生活在这个地方，他和其他村民一样，以种小麦、青稞、豌豆为生，因为没有水源，只能靠天吃饭，家里的境况可想而知。碰上大旱之年，辛苦白费不说，连肚子都吃不饱。在代存忠的记忆里，他就盼个秋天，因为不管一年的收成有没有，到了秋天总能吃上几顿饱饭。代存忠是个老实忠厚的人，他内心有一个信条，只要活着，只要肯干，总有一碗饭吃。但是，在那个鸟都不拉屎的地方，尽管代存忠一家十分努力，但还是空手而归，连两个孩子的温饱都解决不了。代存忠慌了，他第一次有了想离开化庄村的念头。

2003 年，化庄村遭遇大旱，一年的收成就这样付之东流。看着两个女儿的眼神，想着妻子暗自抹泪的情景，代存忠再也坐不住了，离开乐都离开化庄村的念头在他内心变得越发坚定起来，他觉得走出去讨饭吃也比靠天吃饭强。按他的话说，只要有一双手，勤快一点儿，总会有出路。于是，他想起了几年前认识的一个叫包二浪的朋友。

包二浪是他到黄南修路打工时认识的。修路期间，他和包二浪很是聊得来，每天晚上收工以后，他和包二浪便将草原当床，天当房，看着满天的星星聊很久，他们聊自己的家乡，聊家里的亲人，把打工的艰难和辛苦全部抛之脑后。包二浪听说了他家的情况以后，颇为感慨地对他说："代兄弟，你们海东是出麦子的地方，一条湟水河奔流而下，那可是老天爷给你们的福利，你说你的家乡连年遭旱，谁信啊？！"在包二浪的心里，海东可是个好地方，山清水秀，哪里像海西，茫茫戈壁，一眼望不到头的荒漠，一年四季刮不完的风。代存忠听完包二浪的疑惑后便将自己家的情况细细描述了一番，半信半疑的包二浪越发觉得不可思议。看着代存忠无助的眼神，包二浪拍着胸脯说："代兄弟，如果你的家乡真的那么不中用，那你就到海西来，到德令哈农场来，我们海西虽说条件艰苦，但比起你的老家，至少还能让你的妻儿老小吃上一顿囫囵饭，只要你肯干，保证不饿肚子。"

此时，包二浪的话在代存忠的脑子里回荡着，他认为该是他下定决心的时候了，如果再守着这方没有水、没有电、闭塞荒芜的土地，他们一家就永远脱不了贫穷的帽子。下定了决心，代存忠带着家里仅有的 1000 元钱，背着两床被子，带着妻女在秋收无望和失落中离开了他生活 40 多年的故乡。

到德令哈农场，正是收获的季节。一大堆一大堆的菜籽和小麦像山一样堆在农场的打麦场上，看到像山一样堆起来的粮食，代存忠的心里便充满了希望。这样的收成在化庄村，一整个大队都赶不上。正在此时，一个乐都口音的老汉问起他来："小伙子，看你拖家带口的，背了不少东西，你这是打哪里来？到农场找谁？"一听到家乡口音，代存忠眼前一亮，原来这里还有老乡。俗话说，老乡见老乡，两眼泪汪汪，代存忠像找到了救星一般诉起苦来。老汉听完代存忠的诉说后，拍了拍他的肩膀，告诉他："小伙子，别担心，你要是来这个地方推日子，这是一个好地方，只要吃得了苦，至少饿不死你们一家。"随后在乐都老乡的指引下，代存忠到一大队找到了当年一起打工的包二浪。两个多年未见的人，自然有说不完的话。两个人喝着小酒，听着各自发生的事，不知不觉一夜就过去了。知道代存忠在家乡遭遇的种种以后，包二浪说："在这里谋生挺好的，但这个地方蚊子多、风大，你们能受得了吗？"听完包二浪的话后，代存忠毫不犹豫地说："我一定要在这里扎根。"

第二天，包二浪给他找了三间土坯房，就这样，一家人安顿了下来。虽然安顿下来了，但接下来等着他的却是一个又一个困难。代存忠记得很清楚，刚来的时候，正是秋天，蚊子格外疯狂，黑压压一片，肆无忌惮地侵袭着农场的角角落落。全家老小被蚊子咬得没有一块好肉，两个女儿不停地哭闹，看着孩子受尽了罪，代存忠的心都碎了。可是比起饿肚子，被蚊子咬算什么。何况听村民们说德令哈的蚊子认人，待个两三年就不咬了。代存忠不停地哄着女儿，劝着媳妇。慢慢地，天冷了，蚊子也少了，总算是消停了。可是，让代存忠没有想到的是，德令哈这个地方的风吹起来更是要命，尤其到了冬天，大风像是长了眼睛一样，专门往他们住的土坯房里钻，没有办法，只能靠塑料布封堵。全家人围坐在炉火旁都感觉不到热，看着冻得发抖的两个孩子，媳妇坐不住了，哭天抹泪地说："两个孩子小，生活不习惯，气候不习惯，再这样下去，我们还没吃一顿饱饭就被这里的气候折磨死了，我要带着孩子们回家，家里虽然吃不饱肚子，但是也没有这样的苦受。"一看到媳妇哭，代存忠也哭，他不停地劝说媳妇，不停地安慰两个女儿，这个时候，除了给他们精神上的鼓励和安慰之外，他什么都做不了。就这样，两个人守护着两个女儿，迎着无法想象的困难在德令哈农场熬过了 2004 年的那个冬天。

德令哈是蒙古语，翻译成汉语是"金色的世界"。相传，蒙古的铁骑到达这个地方的时候，正是黄昏，大漠戈壁残阳如血，这位身经百战的蒙古大汗情不自禁地欢呼："德令哈。"从此，这一片戈壁就被叫作"德令哈"。公元 1637 年，西蒙古固始汗将德令哈分给自己的一个儿子八台吉。八台吉察看自己所分的领地时正逢金色八月，草原一片金黄，四周群山环绕，中间一片空旷的牧场，美丽的湖泊水天一色。台吉不禁喜出望外，大声叫道："苍天给我们部落赏赐了这片宝地，那就把这个地方叫作'阿里腾德令哈'吧！"从此这个地方就定名为"阿里腾德令哈"。世事变迁，如今的德令哈依然是世人眼里的金色世界，这座矗立在高原的城市不再是海子笔下荒芜的城，它是一座绿色的城市，2.77万平方公里的土地上有近10万人生活，宽阔的街道、耸立在绿茵中的楼房、袭人的花香让这座小城清新脱俗，天然雅致。

第二年，渐渐熟悉了生活环境的代存忠一家不再有回老家的念头，在包二浪和村委会的帮助下，代存忠填了表，到镇政府盖了章子，从德令哈派出所要了准迁证，把一家四口的户口从乐都迁到了德令哈，算是真正稳定了下来。

那一年春天，野心勃勃摩拳擦掌的代存忠承包了一个老板的10亩地，开始了他的二次创业之路。德令哈的春天，在代存忠眼里是一个充满希望的春天。看着一望无际的田野，看着农田里一个个忙碌的身影，代存忠仿佛就看到了秋天一片金黄的景色，看到了一堆堆粮食就堆放在自己的眼前，媳妇和女儿的脸上荡漾着幸福的笑容……

这一年，代存忠种了10亩菜籽，这10亩地承载着代存忠的希望，因此，他格外上心，浇水、除草都不马虎。春去夏来，看着10亩菜籽一天天长大，开出黄灿灿的花，他就开心得睡不着觉。代存忠说："秋天的时候，菜籽就打了2000多斤，这么多的菜籽，我就像个孩子一样一遍一遍地扬尘，圆溜溜的菜籽抛到空中又滚落一地，你不知道那是啥感觉……"代存忠装了二十几袋菜籽，垒满了房间的一个墙角。看着一辈子都没有见过的这么多的菜籽，代存忠和媳妇高兴得说不出话来，他们觉得，好日子要来了，他们总算是熬到头了。

当年，他把菜籽卖出去得了 2000 多元，看着手里沉甸甸的钱，代存忠的信心更加足了，他坚信，只要在这个地方勤勤恳恳，付出努力，一定能够让家人过上好日子。

接下来的几年，代存忠和妻子在附近的砖场打工。用架子车拉砖坯子进窑，夫唱妇随，一个人拉一个人推，两个人不怕累也不怕苦，一个月下来，也能挣两三千元钱，生活一下子好了起来。大女儿也争气，考上了大学，一家人和和美美，对生活也有了盼头。

2013 年，政府危房改造项目给了代存忠夫妇 5000 元钱，存了一点小积蓄的代存忠两口子盖了四间砖房。终于有了自己的房子，代存忠躺在新房子的大炕上，有点儿不相信眼前的光景。他的祖辈在乐都化庄村生活了几辈子，住的依然是土坯房。每一代都是忠厚老实的种田人，每一代都拼尽自己的力量想让家人过得好，却都没有他在德令哈的这九年活得有希望、有滋味、有信心。他的爷爷含泪而去，最终都没有让老人家畅畅快快地吃一顿没有负担的饭，现在他的父亲还在那个靠天吃饭的乐都化庄村，只因为落叶归根，始终走不出贫穷了一辈子的大山，走不出乐都。

就在代存忠一家人沉浸在幸福的生活中不久，家里发生了又一次变故。2014 年，媳妇得了妇科囊肿，近两万元的医药费把这个刚刚有点儿起色的家庭再一次推向了贫困的边缘。看着媳妇被病痛折磨得没有一点儿精神，想到近两万元的手术费，代存忠又一次绝望了。刚盖了房子，大女儿的生活费需要给，现在媳妇又病了，这可如何是好，这日子咋过啊，活个啥人啊？！看着媳妇的脸，听着女儿从学校打来的电话，代存忠蹲在院子的南墙根下哭了，两行清泪流不尽一个男人的无助和绝望，他觉得他连往前走一步的勇气都没有了。

生活要继续，媳妇的病也一定要治，代存忠拿出家里所有的积蓄，又向亲朋好友借了8000元钱，算是付清了医药费。但是，这个刚刚有了盼头的家庭就这样被拖到了贫困的行列。媳妇是不能再干重活了，两个孩子都还在上学，代存忠是这个家里唯一的指望。

代存忠说："那一年对我来说是个噩梦，我们两口子夫唱妇随，一起走过了最艰难的时候。媳妇对这个家庭、对我、对两个孩子，太重要了。没有媳妇，那个家也就名存实亡了。"看着痛苦不堪的媳妇，代存忠的心都碎了。想着这件事，他彻夜难眠，有时候半夜爬起来就在院子里溜达。海西一旦进入秋冬季，那个风吹起来能要人的命，可他站在院子里一点儿也感觉不到风吹进身体刺骨的疼。有时候他也怀疑，如果他们一家还在乐都，媳妇是不是就不得这样的病，一家人虽然饿肚子，却能够相守相依，总比失去的好。

苍天不负有心人，2015年，赶上精准扶贫，代存忠的家庭情况得到了村委会、镇政府、驻村干部的关注。经过层层把关，代存忠被列为贫困户，当年医药费就报了 16000 多元。代存忠怎么也没有想到，妻子得病了，国家还能报销这么多医疗费。同时，为了解决生活来源，代存忠被聘为护林员，一个月有 2400 元的工资。村委会又让包括他在内的所有贫困户操心 120 亩藜麦，按天计算，在藜麦种植和收成期间，每人一天有 100 元的劳务费，年底分红又分到 2000 元，当年的收入就达到 1 万多元。

走进代存忠家，干干净净的院子里，向日葵已经结了果实，亮亮堂堂、落地式大窗户的四间封闭房坐北朝南，太阳照在这个小院子里，安静又温馨。走进房间，各种小花在封闭的阳台上争奇斗艳。屋子里 55 寸的液晶电视、双开门的冰箱、冰柜、现代的流行沙发样样俱全，你怎么也想不到这是贫困户的家。代存忠说："这是这两年精准扶贫的好处，国家看到了我的困难，驻村干部看到了我的困难，村委会看到了我的困难，努力让我脱贫，享受国家的各种政策，我不仅吃公家的饭，我的两个女儿上学也有补助，我从心里感谢国家，感谢国家的好政策……"

是的，精准扶贫让代存忠 2016 年的年收入达到 12972 元，已经实现了脱贫。

2017 年，代存忠看到了藜麦的种植前景，在村里承包了 10 亩地种起了藜麦。种藜麦是个操心的活儿，除了承包费、拔草、有机肥的费用外，基本上没有其他的支出，只要手脚勤快一些，多操心一些，一定有收获。就如代存忠预料的一样，2017 年，藜麦的价格上涨，当年收获藜麦 2000 多斤，在驻村干部康书记的推荐下，代存忠的藜麦卖了两万多元，也让代存忠对种植藜麦更加有信心了。这一年，代存忠的收入达到了 16544 元。

2018 年，代存忠在香日德农场按一亩地 400 元的价格承包了100 亩地，藜麦的长势好，按照他的说法，一亩地能收四五百斤。为了把藜麦种好，代存忠在自家的院子里种了一棵藜麦。问他为什么只种一棵，他说他在做实验，看看藜麦种稀一点儿好还是种稠一点儿好。院子里的藜麦长得很高大，结的藜麦也要比地里的好。他说："家里的小环境要比地里的环境好一些，所以会长这么好。但总体来说，还是种稀一点儿比较好。"他打算明年在香日德农场再承包 100 亩地，全部种成藜麦，正如他自己所说，我要把我的日子过得像藜麦一样红红火火。

对代存忠来说，这两年自己被列为贫困户，成了他的逆鳞，他始终觉得他还算是一个勤快的人，让他带着贫困户的帽子他觉得很丢人。按他的话说，像鸡一样两个爪爪刨紧些，勤快些，总有吃的，总有挣钱的地方。天天戴着贫困户的"帽子"，出去了以后被村子里的人说自己是贫困户，心里总是不舒服。因此，代存忠每天就想着怎么能够脱贫，怎样才能脱贫。现在的他不但实现了脱贫，而且一年比一年好，差不多都成了村里的致富带头人，真正摘掉了贫困的帽子。

代存忠所在的安康村隶属柯鲁柯镇，是全国第二批特色小镇。据安康村书记周统寿介绍，安康村 2003 年 3 月建制，全村 169 户

654 人，少数民族 41 户 162 人，耕地面积 1579 亩，劳动力规模有 300 人，贫困户有 7 户共 25 人。人均居住建筑面积 20 平方米，户均建设用地面积 600 平方米，人均耕地面积 4 亩，农作物以小麦、青稞、油菜、枸杞、黎麦为主。

安康村的大多数村民都是 1993 年从互助县五十乡引劳到德令哈农场种地的，村主任来自互助县奎浪村，那里属于纯脑山地区。周统寿回忆起在互助的生活经历时说："那时候，我们的奎浪村十年九旱，交通也不便。在我的记忆里，我是饿着肚子长大的，吃土豆长大的。去一趟城里，要翻山越岭，走好几个小时才能到。我们也很努力，但我真的穷怕了，为了讨生活，为了解决温饱问题，背井离乡，来到了海西州德令哈。刚来到海西的时候，水利、

代存忠给大家讲述藜麦种植的心得

设备都跟不上，加上气候不习惯，生活很艰苦。最主要的是，那时候还被当地人歧视，认为我们是新式劳改，但不管那个时候过得多么艰苦，我们都能坚持，因为我们能吃饱肚子。"

2003年，德令哈农场改制，19000亩田地全部分给了引劳、移民过来的4244人。周统寿感慨地说："有了自己的土地，大家的积极性高了，干劲儿也足了，加上政府投入的资金力度一年比一年多，水、电、住房改造，道路村村通等扶贫项目一波又一波，就像改革开放的浪潮，我们能看到这浪，能感觉到歌曲里唱的那样的春天，也深深地感受到了政府所做的努力。就拿水来说，2003年之前，喝的是大坑积的水。2003年，申请人畜饮水工程，打120米深的井把地底下的水引上来，通到家家户户。2018年，借助城市管网工程，把德令哈市自来水公司的安全饮用水通到了村民的家里。总的来说，用了十几年的时间，我们所有的村都达到了亮化、绿化、美化的要求。现在家家户户都是封闭式的砖房，喝着政府花了100多万从德令哈拉到家里的自来水，吃着自己种的粮食，看着像山一样摞起来的装满粮食的麻袋，这日子你都不知道有多殷实。自从村容村貌整个大变样了以后，白墙青瓦，水泥路通到了家门口，走在巷道里，有时候我都能笑出声来。说句大实话，我们的生活比有些来村里扶贫的干部的生活还要好，房子比他们的宽敞，电视也比他们的大……除了种田，我们还可以干副业挣钱，去铁路、光伏电站干活，海西的发展快，可以干的活也很多，只要肯干，你就能把日子过得越来越好！"

2015 年 10 月，精准扶贫开展，驻村书记和村委会立即行动，将村里一些没有分给农户的土地进行了平整，总共平整出 120 亩土地，将州委、州政府投资的 30 万全部用在种植藜麦上，当年收益 12.5 万元。村里有 7 户贫困户，3 户缺土地致贫，3 户因病致贫，1 户的户主在地里干活时把腿摔坏了，没有接好，因病致贫。村委会就将这 120 亩藜麦的打理都归给这 7 户贫困户，4 月和 5 月是藜麦的种植时间，10 月是收获的季节，给他们每天 100 元的务工费，一年下来每户可以拿到 4000 元，然后再按 10% 左右分红。这样下来每年每户贫困户的劳务收入就达到了 11000 元。剩下的钱给村里 60 岁以上的老人缴医疗保险，给考上大学的学生每人奖励 1000 元，代交全村 1579 亩地的灌溉用水和村民生活用水的水费。对于安康村里没有户口的 23 户，村里在孩子的上学、房屋改造等福利方面同等对待，在本地缴纳医疗保险还可以享受本地的医疗报销制度。

2017 年，安康村拿到 50 万元的援青资金，村委会和驻村干部在征求村民意见的基础上开会研究，将 30 万元用于购买机械，20 万元用于藜麦的扩大再种植。2017 年，安康村发展集体经济，通过发展藜麦种植收益 18 万元，7 户贫困户每户分红 1000 元，给积极争取脱贫致富的三户贫困户分别奖励 1000 元，医疗保险代交年龄从 60 岁调到 50 岁，给考上大学和高中的 10 名孩子每人奖励 1000 元，代交人畜饮水水电费 6500 元，代交 1500 亩农田灌溉水费 22500 元。村里的树需要管护，给 4 名村里的环境卫生林业管护员每人 1000 元的管护费。政府出台的一系列好政策和村民们的辛勤耕耘换来了安康村村民的幸福生活，也换来了一个更加向上更加祥和的民族团结大家庭。现在安康村有 169 户人家，不说其他的机械设备，光私家车就有 87 辆。村民们有时给驻村干部开玩笑说："我们住的是封闭式小别墅，开着私家车，吃的是天然无污染的自家种的菜，这生活比你们城里人好。"更重要的是，村里的党员每人负责 3 户住户，平常一有时间就把党的好政策宣讲给村民，让家家户户清楚地知道自己的幸福生活是怎么来的。

对从海东及其他地区以引劳、移民等方式到海西的村民来说，政府出台的一系列配套政策让他们以前想都不敢想的生活变成了现实。政府坚定不移的脱贫决心，点燃的不仅仅是大家脱贫的愿望，更是想尽一切办法实现致富的理想。村民换脑筋、换思想，发挥自己的特长，找技术、找门路自力更生，营造了一个有利于发展的平台，注入了脱贫的精神动力，扫除了"头脑贫困"的障碍，自己站了起来，做到了真正的精神脱贫。

走访村里的村民，大家有着同样的感触，他们对海东的记忆已经越来越淡。那些久远的记忆里，除了饿肚子，更多的是对生活的不自信，对将来的无助和渺茫。而德令哈农场却是改变他们命运的转折点，让他们对生活有了更多的期盼，有了更多的打算，那些以前想都不敢想的生活真实地发生在他们自己身上，他们是幸福的，更是幸运的。有一位年近 70 岁的老太太这样说："我们这些人，都是来自海东八县的，我见过湟中、湟源的，也见过民和、乐都的，听别人说还有化隆、循化的。我是互助人，我们在原来的家乡都是穷困潦倒的人家，穷到吃不饱饭，穿不暖衣服，现在我们的生活像是到了天堂一样。说一句公道话呀，是海西接纳了海东的贫困户，帮了海东的大忙了。"

夏末初秋的季节，走在村巷里，每家村民的大门口都种了一种叫芫荽梅的花，开得极其艳丽。小巷干净又安静，恍若时间在

火红的果实昭示火红的日子

这里也是停止的。家家户户的门都是锁着的，一问才知道都出去干活了。这个季节正是枸杞采收的季节，别说放暑假的孩子们，就连60岁以上的老太太也要出去干活，采摘枸杞。随着村民生活水平的提高，连交养老金都从一家每人一两百元的最低档提高到现在每人都交2000元。就连柯鲁柯镇没有户口的800多户村民，只要人勤快，过上好日子也是没有一点儿问题的。

这边的很多汉族老乡
都把祖坟迁过来了

对民和县甘沟乡的苏玉林来说，金子也挖了，苦也吃了，拘留所也进了，最终还是没有摆脱贫穷的枷锁。后来他又去当护林员，每个月只有 40 元的工资对壮志不减的青年来说是矛盾的，况且 40 元并不能满足全家人的开支，贫穷、饿肚子依然是这个家庭最为困惑的问题。

1993 年，壮志满怀的苏玉林举家迁到了海西。在苏玉林的心里，他始终是不服输的，他认为他是见过世面的，他身上流淌着军人的血液，有着军人的骨气，只要有一条适合自己发展的路，他一定能闯出个名堂来。

1993 年 3 月份，苏玉林拿着仅有的 300 元钱，在德令哈农场四大队二中队承包了 30 亩地。有了土地，苏玉林似乎看到了希望，一刻也不懈怠地精心管理着这 30 亩土地。春去秋来，眼看着地里的麦苗一天天长大，一天天变壮实，苏玉林的心情无比雀跃。

功夫不负有心人，到了秋收的季节，一亩地的产量达到了1200斤。苏玉林不敢相信，在自己的民和老家，一亩地的产量达到四五百斤已经是最好的收成了，而现在一亩地的产量几乎是老家的三倍，他能不高兴吗！

苏玉林看着打麦场上山一样堆起来的粮食，想着这么多年自己吃过的苦、受过的罪，心存感激。有谁愿意贫穷？有谁愿意看着自己的家人饿肚子？背井离乡，在戈壁荒漠扎根对他来说想也想不到，然而他最终还是迈出了这一步，这一步让他的生活发生了天翻地覆的变化。是海西给了他一个可以施展才能的平台，是德令哈农场给了他们一家重生的机会。苏玉林清楚地记得那一年他给队上交完承包费、农业费、水费、地耕费、化肥等费用以后，自己竟然挣了1万元。春天的时候，他的怀里只揣了300元钱，一家人在举目无亲的戈壁滩开始生活，没想到，经过一年的努力，他已经有1万元的收入，比起搭上自己的命去淘金，这1万元挣得容易一些，也稳定一些。虽然刚来德令哈农场的时候，也受到当地一些人的排挤，还被农场的小青年欺负过，还有一小部分人因为气候等原因回了老家，但不管怎样，他留下来了，也收获了，有了一个全新的开始。

1995年，苏玉林当了生产队的队长，一年还补助1000斤粮食。为了让自己的生活能够更好一些，苏玉林和他的搭档蓟玉林开始卖粮食，以小麦和油菜籽为主，每年秋收的时候，他们便把村里

的余粮收进来，每斤赚 1 分或 1.5 分钱再卖给收粮食的商人，每年
100 万斤，两个人还可以赚 3 万多元。10 年时间，他和他的搭档
赚了不少钱。2004 年，德令哈农场改制，成立了柯鲁柯镇希望村，
苏玉林以村支部书记的身份一直为希望村的未来出谋划策，想出
路，包工程，带着村里的壮劳力打硬化路，按天计算，两三个月
也可以让跟着他的村民每人挣万把块钱。10 年时间，他带着村里
的村民打了 50 多公里的路，为海西的发展付出了自己的努力，也
实现了他复员之初作为一个军人对自己的承诺。

希望村的很多村民都是自发到德令哈农场的。希望，是一种
寄托，是一种期待，在这个村承载着很多人脱贫的梦想。鲁迅先
生曾经说过，希望是附丽于存在的，有存在，便有了希望，有了
希望，便有了光明。是啊，生活在希望村的每一个村民都经历了
贫困，经历了吃不饱饭的困顿，如今他们来到海西，来到德令哈，
看到这一亩一亩的肥田，便有了前进的动力，有了战胜一切困难
的勇气，有了拼搏一把的力量。

蓟玉林，希望村的村委会主任，苏玉林的好搭档。这位来自
民和县新民乡的憨厚农民，和希望村的很多村民一样，有着不堪
回首的过去。他 19 岁被金老板雇佣，开始淘金，每天 3.3 元的工
资却是一家人所有的指望。蓟玉林回忆说："我淘了 5 年的金子，
给金老板打了 5 年的工，那几年，我吃了没有吃过的苦，走了没
有走过的高寒之地，只为了能让自己和家人吃一口饱饭。尽管我
很努力，但也没有改变我们家里的现状。后来，我便去民和县硅

铁厂上班，在那里工作了6年，5000瓦的大炉子炼硅铁，一个月4000多元的工资，生活一下子变得好了起来。那时候，冶炼硅铁不是全封闭式的，经常在高温、高污染下作业，那个苦是可想而知的。那时候的硅铁厂工资高，大家争着抢着进硅铁厂的门，因为工作踏实，厂里还给了我一个转正的指标，但自己的身体越来越差，肺心病的初期症状也出来了，媳妇担心，父母也担心。"

看着在高温、高污染环境下很多同事得了肺心病，看着自己两个女儿稚嫩的脸，蓟玉林第一次有了换环境的想法。是的，靠种地吃饭，老家的地根本就不养人，靠天吃饭的日子他过够了。如果继续在硅铁厂上班，两个孩子还没长大，肺心病就缠身了，自己连活都干不动，怎么养活一家老小。蓟玉林踌躇不定的时候，正赶上1992年硅铁行情越来越差，企业效益断崖式下滑，他下定了离乡的决心，和自己的五叔一起到海西考察。

第一次到海西，蓟玉林感受了戈壁的风沙，也看到了海西家家户户的牛羊、堆积成山的粮食、清澈见底的渠水。他是山里人，没有见过那么多的水，就觉得有水的地方一定是好地方。经过慎重考虑，权衡利弊，蓟玉林觉得德令哈是一个值得去拼搏、值得去生活的地方。

1993年，带着4万元的存款，带着两个女儿和妻子，蓟玉林举家搬到了德令哈。

初来德令哈，他们便得到了政府的关心和资助，一家人分到了房子，开始了全新的生活。春去秋来，种田收割，他们一家和很多其他人家一样有了堆积如山的粮食，手头也越来越宽裕。况且，比起其他刚来的村民，蓟玉林有 4 万元的存款，就比其他人有更多的打算。

蓟玉林的母亲一共生了 8 个儿子、1 个女儿。1989 年的时候，老六被水淹死了，另外的 6 个兄弟全在老家。在蓟玉林的记忆里，老家没有水，靠天吃饭，家里人口多，青黄不接的日子一直存在，吃不饱饭的日子也从没有间断过。记忆深刻的玉米面从小吃得胃疼，吃一次白面那也是过年全家人团聚的时候。1982 年以前，由于家里人口多，是全村最穷的一家。每年交了公粮以后便所剩无几了，没有吃的时候，家里就吃玉米面、荞麦面，再没有吃的，便借、转，一家人都在为温饱问题发愁。兄弟和姐姐都是从苦日子熬过来的，现在他有了好日子，也不能忘了自己的兄弟们。1994 年，蓟玉林的 6 个兄弟全部都搬到了海西。开始时，大家也经历了生活上的困难，但总比在民和老家好。就如蓟玉林的哥哥所说："我们都是庄稼人，庄稼人就要靠种田为生，我们的老家住在山上，即便有田可种，十年九旱，没有田可收。我就是盼着有几亩薄田，有所收获，不枉我们辛苦一年。"

1996 年，蓟玉林的第三个孩子降生了，夫妻两个在生活上有了全新的改变以后又添了一子，欣喜万分，于是便取名"德农"，以表达对这方土地的感念之情。2006 年，青藏铁路修建之时，一批又一批修铁路的人让蓟玉林看到了商机，便开了一个小卖部，小卖部里来往的人多，消息也灵通了很多。有一次，一个修铁路的外地人到他的小卖部里买东西，两个人便寒暄起来。

蓟玉林问道："你是来这里修铁路的吗？"

"是的，我们就是修铁路的。"那个外地人随口说道。

"青藏铁路的修建规模这么大，不知道你们需不需要人手？"

"当然需要啊，我们这边正缺人手呢。"那个人一听蓟玉林这样打听，很有兴致地说道。

"不知道你们那里需不需要我们这样的老百姓？"蓟玉林听到外地人这么说，激动地问道。

"需要，我还正在为这件事情发愁呢，如果你能给我找到人，那就太好了。"

"可是我觉得修铁路是高科技的活，我们这样没有多少文化的老百姓能不能干？"

"能啊，明天你就给我找两三百人过来，这边工期短，我们要把工期尽量往前赶。不然一到深秋跟冬天一样，啥活都不好干了。"

"我们这边正是农闲时间，给你找两三百人没问题，我们这边的村民干活实诚，绝对不会让你失望。"

外地人走了以后，蓟玉林开着摩托车便一家一家通知，动员德令哈农场里60岁以下、15岁以上的男性全部去修铁路。对蓟玉林来说，这是一个千载难逢的机会，是一个在家门口轻松赚钱的机会，他作为村里的村委会主任，有责任也有义务做这件事。他骑着摩托车，把村里的壮劳力挨个儿问了个遍，为了达到外地人所说的两三百人的目标，他又将周边的几个村子问了一遍，连夜动员大家去修铁路。

第二天，村民们如约报到，蓟玉林对大家说："乡亲们，我们都是从海东最穷的地方跑到这里来的，政府给我们分了房子，让我们有田种，有饭吃，现在我们还能沾青藏铁路的光，能在农闲时间再挣点儿钱，这是好机遇，大家要好好干，认真干。外地来这里修铁路的人都是技术人员，他们懂行，只有人家把我们干的活看到眼里了，我们才能实实在在把这光沾到手。"第一次，他带着270人去修铁路。外地人一看来了这么多人，很高兴，觉得蓟玉林是一个讲信用的人。在修铁路的过程中，外地人发现蓟玉林带过来的村民不但干活实诚，而且也很卖力，两人的合作便频繁起来，最多的一次，蓟玉林带着570人去修铁路，让村民们和自己都挣了钱。

除了修铁路，蓟玉林还带着村民打硬化路。他记得很清楚，第一次交通局给了他8.1公里乡村硬化路。他带着村里的28个人一起干。刚开始打硬化路，虽然只是乡村公路，路上行驶车辆也多为拖拉机、农用车等体积、载重相对较小的机动车，但是，一样按《公路工程技术标准》有关规定执行。蓟玉林不敢马虎，和他一起干活的村民也不敢马虎，他们边打边学，摸索了一套打硬化路的经验，最后经过交通质检部门检验，他们的质量验收是最好的。从此，蓟玉林和他的伙伴们便一发而不可收，他们打了10年的硬化路，他和大伙一起打，现场盯，踏踏实实干，不但工作效率高，而且质量也过关。蓟玉林发现，和大家一起干活，大伙的积极性高出很多，发现问题也不会视而不见，总是主动解决问题。因此，蓟玉林从来都不会甩手当老板，而是和大家同甘共苦。每一次工程结束，他就买一只羊，和大伙高高兴兴吃一顿，然后给大家发工资。10年来，和他一起干活的人都有了不少的收获，更多的是彼此之间建立的信任。所以，别人日工资开80元修路很多人都不愿意去，他日工资开50元都抢着要参与。10年来，蓟玉林修了很多条路，看着一条条他修过的硬化路到现在还结实可用，看着路上来来回回穿梭着的农用车，蓟玉林无比欣慰，因为德令哈就是他的家，为自己的家做一些力所能及的事情，这算是贡献，也是一种义不容辞的责任。

德令哈位于柴达木盆地东北边缘，对蓟玉林和一起在德令哈农场生活的村民来说，这里已经变成了他们的故乡，也是他们第二次创业的地方。尽管每家每户都以不同的理由来到了德令哈，但他们经过戈壁风沙的洗礼以后，经历蚊虫叮咬、生活不习惯等等的艰难困苦以后，在政府的大力支持下，已经和这片土地心心相印。他们爱这片土地，他们也感恩政府改善他们的基础设施，改善生活环境，给他们创造条件更好的生活，让他们觉得这片土地就是他们的故土，就是他们的安身之地。

2012年，为了改变农村居住条件，政府修建柏树山新村，由青海省第一建筑公司承建。为了建好新村，承建方几次来柏树山新村新址实地勘探。有幸的是，蓟玉林也参与其中，为了让村民住上更好更宽敞的房子，同时也为了以后新村的设施能够在高寒戈壁保质保量，他们做了很多前期的工作。始建别墅120户156平方米，蓟玉林参与22户11栋。第二批修建楼房134户120平方米，蓟玉林参与48户。第三批平房修了274户65个平方米，蓟玉林参与60户。整个新村修建起来以后，绿化面积达到200亩，硬化路20公里，蓟玉林都参与其中。按蓟玉林的话说，现在村里的水阀在哪些地方，他闭着眼睛都能找到。

新村建起来以后，首批入住别墅的村民国家补贴5万，自己掏18.5万。搬进新村的村民家家户户通了天然气，一年吃饭、取暖的费用3000多元就够了。有了暖气，即便寒冷的冬天，家里也像春天般温暖。现在柏树山新村除了希望村的一部分村民外，德令哈村、新秀村的村民也搬了进来。蓟玉林说："现在我们住着别墅，有车、有房、有院子，夏天的时候院子里开满了芫荽梅，真

柏树山新村的小别墅

正是在享受生活。我有时候在想，在政府的大力支持下，我们挣钱的门路也多，收入一年比一年高，如今，我们新村的生活水准比城里人还要好，住得宽敞，各项设施现代化，哪里还像个农村的样子？！现在，我们这里的很多汉族老乡都把祖坟迁过来了，他们真正把根扎到了这里。"

德令哈，1988 年建市，在 2.77 万平方公里的土地上，居住着汉、蒙古、藏、土、回等 26 个民族，少数民族人口占 30%。在德令哈所辖 3 镇 1 乡 3 个街道中，共有 42 个行政村，其中 29 个农业村，13 个牧业村。经过多年的努力，德令哈所辖的贫困村逐年下降，到 2015 年精准扶贫评估时，共有贫困村 20 个，其中，重点贫困村 4 个，一般贫困村 16 个。开展精准扶贫工作以后，识别贫困户 247 户 734 人，因病致贫 106 户，占比 42.9%；因残致贫 60 户，占比 24.3%；缺劳力致贫 42 户，占比 17%；缺资金致贫 22 户，占比 8.9%；缺土地致贫 11 户，占比 4.5%；缺技术致贫 4 户，占比 1.6%；因灾致贫 1 户，占比 0.4%；自身发展动力不足致贫 1 户，占比 0.4%。

由于德令哈市政府在扶贫工作中做了大量卓有成效的工作，在精准扶贫工作实施之时，便有了贫困程度不深、贫困规模较小的优势，加之经济社会发展条件较好，交通、区位优势相对明显，在全省贫困县中处于上游水平，虽然脱贫攻坚基础相对较好，但扶贫工作仍然任重道远。德令哈市政府按照党中央国务院和省委省政府打赢脱贫攻坚战的要求，研究出台了《德令哈市精准扶贫工作方案》《德令哈市"十三五"脱贫攻坚规划》《全面巩固提升脱贫成果实施方案》《脱贫工作冲刺方案》等系列政策，制订了8个脱贫攻坚行动计划、10个专项方案和领导小组成员单位巩固提升方案，构建了全市覆盖范围广、综合性强的脱贫攻坚政策体系，明确了精准施策的行动时间表和路线图。同时，加大投入，强化资金支持，把落实扶贫资金作为完成脱贫攻坚目标任务的重要抓手。精准扶贫实施之后，全市共投入农牧区各类资金28.1亿元，其中，落实财政专项扶贫资金9450万元，行业扶贫专项资金3.6亿元，农牧区基础设施建设资金23.2亿元，社会帮扶、企业帮扶资金533.6万元，援青资金3350万元。积极落实涉农资金整合政策，整合涉农资金3.1亿元，

州委书记文国栋入户调研贫困户的情况

为打好脱贫攻坚战提供了强有力的保障。

为了达到真正的脱贫，增强精准扶贫的针对性、有效性，德令哈政府对扶贫进行了细化和分类，因地制宜，因户施策，按照"三是"聚焦精准，分类施策帮扶。坚持精准扶贫方略，因地制宜，因户施策。按照"县有扶贫产业园、村有集体经济、户有增收项目"的"三位一体"扶贫产业格局，把产业发展作为贫困村、贫困户脱贫致富的重要措施：

——投入扶贫资金1500万元，采取"龙头企业＋贫困村＋贫困户"的发展模式，打造以牛羊肉加工、果蔬种植为主的市级扶贫产业园，带动贫困村20个、非贫困村17个，带动贫困户150户，2017年实现户均增收950元。

铜普镇察汗河村生态畜牧业合作社产业项目分红

——投入扶贫资金330.9万元，实施150户517人的到户产业项目，人均增收640元。

——投入资金1342万元，实施民兴村、陶生诺尔村、郭里木新村、花土村、西滩村旅游扶贫项目，带动1315户4647名农牧民群众增收，通过产业发展措施脱贫22户83人。

——投入扶贫资金480万元，对21户37名贫困户实施易地搬迁工程，采取集中安置的方式，进一步改善了群众住房条件。对自身没有经营能力的98户224名贫困群众，通过实施扶贫产业园、援青扶贫等项目，采取"龙头企业＋贫困户""专业合作社＋贫困户"的方式，保证分红比例不低于10%，贫困群众增收16.1万元，户均增收652元。对387名贫困劳动力开展就业技能培训，转移就业486人次，通过转移就业措施脱贫45户160人。

因病致贫是海西地区大多数贫困户致贫的主要原因，为了彻底解决这一困扰村民的问题，海西州政府出台了多项切实可行的举措，得到了村民的肯定。就德令哈地区来说，构建了合作医疗、大病保险、医疗救助、脱贫保、临时救助等五重医疗保障体制，确保小病、常见病看得起，大病有保障，大病不返贫。在精准扶贫实施以来，累计报销贫困户医药费225.4万元，发放医疗救助金73.6万元，发放临时救助金44.2万元，发放高龄补贴18.3万元。受益贫困群众1434人次。而通过医疗保障和救助措施脱贫的就有27户68人。

扶贫先扶智，教育要先行。海西虽然地处偏远，教育资源也相对匮乏，但是政府部门从来都没有忘记教育扶贫在扶贫工作中具有的基础性、先导性作用，让教育始终成为最直接、最有效、最可持续的扶贫。扶贫先扶智决定了教育扶贫的基础性地位，德令哈市政府认真贯彻落实15年免费教育，实施全面改薄项目建设，义务教育阶段学校标准化率达到93.75%，学前三年毛入学率达到149.3%。依法加大控辍保学力度，保证了义务教育阶段适龄儿童义务教育巩固率。同时，减免学前教育建档立卡贫困生保育费、

农牧家书屋

书本费、取暖费、卫生费等64人次共计10.3万元，为128名建档立卡贫困生发放各类教育补贴和"雨露计划"补助资金52.6万元，通过教育扶贫措施脱贫4户16人。

充分发挥农村低保与扶贫开发政策合力，认真落实省、州

《关于做好农村最低生活保障制度与扶贫开发政策有效衔接的实施意见》，使98户224名贫困人口人均可支配收入达到4000元以上。在扶持贫困户的同时，关注关心边缘户，将98户264名边缘群众纳入最低生活保障范围，通过低保兜底措施脱贫57户120人。

为270名贫困群众安排生态管护员岗位，年人均增收3万元。投入资金3.5亿元，强化农牧区环境卫生综合治理，通过生态管护措施脱贫71户250人。

为了让村民们的生活环境越来越好，德令哈市政府累计投入行业资金3.6亿元，持续改善贫困村水、电、路等基础设施条件：

——投入资金3015.7万元，建成伊克拉村、巴力沟村、乌察汗村等5条总长145公里通村道路。

——投入资金2.3亿元，实施10项农牧区饮水安全及水利基础设施建设工程，提升了25个村生产生活用水及防洪安全水平。

——投入资金1757.7万元，完成12个村电网改造升级、3个村移民搬迁点电网工程。

——投入资金102.6万元，改造和完善42个村村级卫生室，配置必需医疗设备，村级医疗卫生水平显著提升。

——投入资金3303万元，实现42个村宽带覆盖的同时，完成30个村光纤宽带覆盖，实现38个村无线网络覆盖。

——在42个村级文化活动室全覆盖的基础上，提升改造17个村级文化活动室，为42个村配备文化设备和体育健身器材，安装"村村通、户户通"设备2165套。

——为 115 户贫困户发放"530"小额贷款 490 万元，落实贴息资金 16.2 万元。为龙头企业和合作社发放贷款 2920 万元，贴息资金 53 万元，带动 110 户贫困群众户均增收 1000 元。

——投入资金 25 万元，实施藜麦种植、生猪及牛羊养殖等科技扶贫项目 5 个。

——投入资金 538 万元，建成市级电子商务服务中心，建设乡镇电子商务综合服务站两个、村级电子商务服务网点 19 个。积极发挥电子商务企业及平台作用，全市电商线上线下销售额达到 7417 万元。

全国政协副主席、中央统战部副部长、国家民委主任巴特尔
在德令哈市柯鲁柯镇枸杞种植示范基地调研

——投入资金 7.3 亿元，完成城中村改造、旧房改造 2247 套。通过实施以上项目，农牧区基础设施和公共服务设施显著改善。同时，充分发挥残疾人托养服务中心作用，托养贫困残疾人两名。将 83 名建档立卡贫困老年人纳入养老服务范围，享受家政、生活照料、事务代办等服务，提升了建档立卡贫困老年人、残疾人的获得感和幸福感。

在中央扶贫开发工作会议上，习近平总书记掷地有声地说道："我们要立下愚公移山志，咬定目标，苦干实干，坚决打赢脱贫攻坚战，确保到 2020 年所有贫困地区和贫困人口一道迈入全面小康社会。"是的，坚决打赢扶贫攻坚战，不是一句空口号，德令哈市政府始终将脱贫工作当成首要的工作来抓，由上到下拧成了一股绳，一桩桩、一件件，实实在在的脱贫工作事例见证了这个地区的工作成效。一组组数字、一个个铿锵有力的措施见证了扶贫攻坚战的不容易，老百姓脸上的笑容、老百姓幸福的生活见证了这个地区脱贫工作的力度，他们不仅仅只是"送钱送物"，更多的是让老百姓意识到脱贫的重要性，实现精神脱贫，变被动为主动，并形成扶危济困人人乐为、人人可为的良好氛围。

一代人有一代人的选择，一代人有一代人的担当。对移民到海西的村民来说，他们选择了一条适合他们并摆脱贫困的道路。而对德令哈市政府来说，民族复兴的语境中，消除贫困是应有之义，也是当下最紧要的重任，勇担历史的重任，在脱贫攻坚的道路上，定义了一个政府所应有的担当。

2017年，德令哈市建档立卡贫困户人均可支配收入达到13995元，市农村居民人均可支配收入达到13388元，是全省农牧民人均可支配收入9462元的141.5%，超过指标71.5个百分点；贫困户住房全部达到安全标准；全市九年义务教育巩固率达94.22%，超过指标1.22个百分点，全市无因贫辍学学生；全市贫困人口养老保险应保尽保，参保率100%；全市贫困人口全部参加医疗保险，参保率100%；组织有意愿的劳动力开展驾驶、烹饪等职业技能培训134人次。

更加可喜的是，经过两年的努力，德令哈市20个贫困村退出率为100%。

"要不断增进民生福祉，切实增强人民群众获得感幸福感安全感。要对照小康指标，加快补齐教育、医疗、住房等社会事业短板，聚力打好富民增收'组合拳'，让居民收入和经济发展同步提升，确保各族群众高质量迈入小康社会。"文国栋如是说。

我已经脱贫了，
快把贫困的帽子摘掉

　　乌兰，系蒙古语，意为"红色"，因境内"乌兰布拉格"即"红水泉"得名，位于柴达木盆地东北缘，平均海拔 4000 米左右，北有祁连山支脉，南靠昆仑，由东向西有茶卡契墨格山、柯柯赛山、布依坦山、茶卡南山、哈里哈图山、希里沟南山、牦牛山等，地势西北高、东南低，形成波浪形狭长倾斜走向，是一个四周环山的山间盆地，多河流、湖泊。据史料记载，原在新疆乌鲁木齐一带的厄鲁特蒙古和硕部南下青海，入据海西。公元 1637 年，固始汗率联军进驻希里沟，乌兰遂成为固始汗进兵青海、西藏的据点。从公元 1725 年至中华人民共和国成立前，乌兰为蒙古族左翼盟和硕特部西前旗（俗称青海王噶旗）、西后旗（俗称柯柯贝勒旗）和北左末旗（俗称茶卡王旗或达布孙戈壁旗）的驻牧地。在长期的生产生活中，当地蒙古族与汉族、藏族、回族、撒拉族、土族等民族和睦相处，形成了独具特色的民风和地域文化，在农耕、游牧、节庆、服饰、饮食、起居、婚丧、建筑、宗教、信仰等方面构成了一幅幅浓郁而又色彩斑斓的图画，与各民族文化交融辉映，展示其瑰丽的风采。如今，这座高原小城在戈壁瀚海依然散发着它独特的光芒，而这个光芒惠及了很多在贫困中挣扎的村民。她就像一个穿着红色衣裙的女子，在历史的长河中散发着无穷的魅力。

乌兰县铜普镇都兰河村是海西最大的贫困村，有贫困户59户165人，建档立卡50户，土生土长的李成连便是其中之一。

1938年，李成连的祖辈从大通县宝库乡搬到了乌兰县，在都兰河村扎下了根。20世纪60年代，由于祖辈是地主成分，李成连的父亲受到牵连被关进了农场。作为家里顶梁柱的父亲关进农场以后，李成连和母亲失去了经济来源，生活一度陷入困顿。那时候的李成连还小，但那段记忆让他刻骨铭心，娘儿两人力单薄，又不能打工挣钱，经常吃了上顿没下顿，生活过得非常拮据。

李成连站在封闭式的窗户前望着窗外，看着外面的小院子，院子外面正在施工，来帮忙的人一个个兴头十足，就像在盖自家的房子。"2017年，政府建了78.5平方米的房子分给村里的贫困户住，我是其中一家。后来又考虑到我家里有6口人，老两口、儿子媳妇两口、两个孙女，政府又给我多建了18个平方米。政府给的补助大概近3万元。异地搬迁政府给我家就花了9万，可以这样说，这么大的一个院子，这么亮堂的房子，红瓦白墙的院子，我自己才掏了1万元。"李成连说话时激动的表情，让我看到了一个贫困家庭的心酸，也看到了他面对未来的一份期盼和希望。

李成连感慨地说："在土坯房里住了20多年，一辈子都没想过自己还能住上亮亮堂堂的房子。"

李成连 25 岁那年，父亲被释放，一家人终于团聚在了一起，母亲拿出多年来省吃俭用存下的积蓄，又从相邻亲戚处借了一点儿钱，给李成连娶了媳妇。家里的劳力多了，生活也就慢慢好起来了。

对李成连来说，虽说没有生活在老家，但是每年都会随父亲去看看老家的亲戚们。比起海西，老家亲戚们的生活过得并不好。

乌兰县都兰河村李成连拿到产业基地分红

那时候的农村，生产单一，经济来源少，亲戚们的日常生活比起乌兰，相差甚远。至少在乌兰，他们一家人只要踏踏实实干活，吃饱饭是没有问题的。乌兰这个地方，虽然气候不是很好，但是地多，你要是想开垦，多少亩都可以开垦出来。

改革开放以后，政府投资的项目渐渐多了起来，能干的活儿也不少，家里的光景渐渐好起来了。李成连的儿子也长大了，给儿子风风光光地娶了媳妇，家里的人气越来越旺，生活过得也越来越好。可好景不长，两岁半的小孙女得了先天性糖尿病，尽管家里劳力多了，也能挣不少钱，但挣的钱还不够给小孙女看病的。对李成连来说，这个打击是沉重的。俗语说："爷爷孙子一辈人。"自从小孙女出生以后，李成连两口子对小孙女疼爱倍加，真的是捧在手里怕摔了，含在嘴里怕化了。自从检查出小孙女的病以后，李成连不管是从金钱上还是从精神上都备受压力。糖尿病是一种可以控制却不能根治的慢性病，需要长期诊治。如果不能得到有效控制，可能会导致脑中风、冠心病、失明、肾衰尿毒症、下肢坏死等严重后果。这个后果李成连清楚，李成连的儿子也清楚，为了使孩子的病情得到有效控制，全家人倾尽全力。然而，糖尿病毕竟是慢性病，对一个刚改善生活的家庭来说，承受能力是有限的。因此，一家人又被拖到了贫困的边缘。李成连终于扛不住了，于是，他开始酗酒，开始自暴自弃，但凡家里有一点儿钱，就拿出去喝酒，家人对他这个顶梁柱也越来越失望。最终，这个家庭沦落为贫困户。

2015年，精准扶贫开始，李成连一家被评估为贫困户。但是，酗酒已经成为习惯的李成连还是自暴自弃，在他的生活里，酒永远是第一位的。2017年，李成连住进了政府盖的新房里。孙女的医药费，甚至是家里人生病的医药费，报销率达到95%以上，看到第一书记和大家都在为这个家庭努力，李成连的心态慢慢转变了过来。

　　是的，房子政府帮着盖了，医药费政府也帮着报销了大部分，第一书记天天来和他谈心，看在眼里、记在心里的李成连渐渐不再酗酒。2018年6月，帮扶企业给了李成连100只土鸡苗，他自己又买了260只土鸡苗，开始发展养殖业。为了把鸡养好，李成连把鸡放到退耕还牧的牧场，这样养出来的鸡不但好吃，而且鸡一只比一只活得机灵。李成连的心也随着那些鸡机灵起来。按照李成连的想法，10月以后，这些鸡都可以出栏了，可以卖两万多元。加上自己家里的两头奶牛，每天挤牛奶20斤，卖牛奶的收入每天就是40元。儿子被政府安顿到帮扶企业上班，每年有7万的收入，再加上儿媳会一点儿粉刷技术，挣得也好，加起来一年的收入也有十几万了，他已经脱贫了。

　　如今，62岁的李成连除了其他收入，每年还从村里的产业扶贫资金分红中拿到700多元，享受农村养老保险每月能拿到330元。虽然这些钱都不是大钱，但是他觉得这些钱有分量，能够掂出政府对他们一家人的关心和支持，也能感受到海西州委、州政府切实为老百姓着想的温度。

　　住进了新房，李成连觉得这一切好像做梦一样。看着亮堂的房子，他最感激的还是为他们脱贫的干部，为了让每一家贫困户能够脱贫，驻村干部、镇政府的干部、自己村里的村干部根据各家的不同情况，想尽一切办法为贫困户谋划出路，要让他们在物质生活上永久脱贫，还要做思想工作让他们从精神上脱贫。很多干部为了让村民过上好日子，经常加班加点不回家。有些村民开玩笑说："你的家不在县上，在我家呢。"如今，李成连在镇长的建议下，打算做私房菜。面粉用自己种的，鸡、猪自己养，菜自己种，利用自己家里的优势发展农家乐，赶着海西旅游热的春风，把自身的特色发展起来，真正当老板挣大钱。

李成连已经脱贫了，收入超过扶贫线以后就找村里的书记喊："我已经脱贫了，你们把贫困户的帽子赶快给我摘掉，我现在戴着贫困户的帽子连人都见不了。"

王洪录是铜普镇的镇长，上任之后就扶贫一项做了大量的工

那片瀚海，——海西州扶贫写真
那片情

乌兰县东沙沟村第一书记入户

作，铜普镇4个农业村、两个牧业村，其中重点贫困村就是都兰河村和河南村。2016年8月的时候，都兰河村虽然水、电、路都通了，但没有打硬化路。2017年，高原美丽乡村建设，都兰河村不但改善了农村基础设施，铺上了柏油路，成为全县38个行政村唯一一个铺了柏油路的村，而且给50户贫困户盖的房子水、电、路全通，网络通信全部覆盖，村容村貌得到很大改善。现在走在铜普镇的每一个村落，庄廓院都是白色的墙、红色的琉璃瓦，家家户户的院子里种满了各种蔬菜，每家的大门口种着各色的花儿。晴天的时候，天空蓝得没有一点儿杂质，一家一家的小院子错落别致，让这个高原小村显得整洁而又安静舒适，完全不像是在戈壁大漠，似乎到了平原的小村庄。

王洪录说："现在这里的小气候还是比较好，夏天的时候，雨水比较多，庄稼长得也好。冬天的时候，风刮得也不如以前厉害了，以前无人住的戈壁大漠，如今越来越好了。"

尕布龙
把我们迁到了海西

乌兰县托海村是一个有故事、有艺术气息的村子。这个村子是 1987 年第一批调庄到海西州卜浪沟的，村民大多来自湟中县丹麻乡的几个村。20 世纪 80 年代，由于丹麻乡地处偏僻的脑山地区，家家户户过着靠天吃饭的日子，村民们的基本生活都没有得到解决。赶上大旱，几乎颗粒无收，不仅吃不饱肚子，生活更是举步维艰，尤其孩子多的人家，其贫困程度难以想象。

1987 年，青海省调庄办公室动员湟中县丹麻乡贫困村的村民到海西发展。动员大会开得成功，先后有 300 多户村民报名，最后落实下来的有 100 多户。同年，一场浩大的移民搬迁工程开始了。对丹麻乡的贫困户来说，去海西，是一条充满希望的路，比起在自己的家乡受穷，他们对海西有着太多太多的期望。

那年夏天，100 多户的家什装满了好几辆汽车。他们离开自己的故土，离开了几辈人辛勤耕耘过的地方，来到了海西卜浪沟，等待他们的是和家乡不一样的环境。

调庄过来的 100 多户村民，经济条件差、底子薄，只能从事农业生产，而且农业生产的基础条件也比较差，造成生活上的困难是可想而知的。

72岁的文章寿对那段艰辛的岁月记忆犹新。初到卜浪沟时，文章寿看到这个农场坐落在乌兰、都兰两县交界的一条狭长的山川中，自东向西流淌的沙柳河逶迤在它的怀抱里。第一眼就看到这么多的土地，还有那蜿蜒的河，文章寿高兴极了，这在老家是怎么也不可能有的。又听说庄稼地产量高，只要肯下功夫，自然有吃不完的粮食，文章寿对未来充满了希望。

可是，终究是开始，终究要面对很多问题。初到卜浪沟，当地的牧民以为他们是自发到卜浪沟的，便要赶他们出去。语言不通，解释起来难免有障碍。于是，纠纷发生了。随后，湟中县、海西州、乌兰县的领导们全上来了，挤满了村子，17辆小车停在村子里，很多村民都没有见过那么大的阵势，大家害怕了。随后，省调庄办公室的主任尕布龙站在学校的操场上开始给大家讲话，尕布龙戴着一顶草帽，穿着朴实的中山装，对发生的问题进行了深刻而实际的分析，对村民们千里迢迢来到卜浪沟表示欢迎，并鼓励大家齐心合力一起渡过困难期。

这次讲话坚定了大家的信心，但还是有50多户村民因为气候、生活习惯等各方面的原因回到了湟中县丹麻乡。剩下的80多户村民每人分了两间土坯房、3亩土地。有了房子，有了土地，大家也算是安定了下来，在海西开始了全新的生活。

不得不说调庄是成功的，按照省委、省政府的扶贫战略，青海省从 20 世纪 80 年代中期开始，通过各种渠道安置我省东部贫困农民，这些村民大多数家底薄、文化水平低、缺乏生产资料和资金，不熟悉灌溉农业技术，不善于经营和管理，生产力水平不高，这对于海西，是一个挑战，也是海西在扶贫工作中面对的最大难题。

文章寿作为调庄移民中的一员，有着坎坷而不平凡的经历。1976 年，他因为触犯法律被判了 9 年有期徒刑，1985 年冬天释放。在这 9 年里，他的妻子一个人带着 4 个孩子，生活的艰难可想而知。释放在家的文章寿为了改善家里的经济条件，开始做生意，他费尽心思就想着家人能够过得好一些，但收效甚微。1987 年，文章寿赶上调庄移民的政策，和其他农户一起搬到了海西。那一年，文章寿 40 岁。

初到卜浪沟的时候，他们住的是查查香卡农场五队的房子。由于家里人口多，给他们分了两间土坯房，但还是不够住，他们用死树的枝干又多盖了 3 间房子，一家人就这样安顿了下来。但是，卜浪沟这个地方，有浇地的水，却没有吃的水，大家的生活用水全部都是灌溉水。没有电，照明依然是柴油灯盏，路也是土沙路。而这个地方之所以让文章寿充满希望，是因为这个地方有着老家没有的资源和土地，能让他们一家人吃饱肚子，这是最重要的。

第一年，他们一家在分到的 20 亩地里种上了麦子、大豆、洋芋、油菜籽。经过一年的努力，到秋收的时候，收获了吃都吃不完的粮食，一家人在这个地方遭受的所有艰辛和困难顿时烟消云散。

第二年，他们不但种地，还养羊、养猪，虽然收入不高，但生活一下子变得好起来了，至少有吃不完的粮食、吃不完的肉。过了几年，文章寿给大儿子娶了媳妇，一家人算是有了一个像样的生活。

然而，这里却也有着比其他地方更加难以克服的困难，查查香卡农场地处青藏高原腹地，干旱少雨、多风，冬季寒冷漫长，夏季短促凉爽，四季不分明，最低气温 –29.8℃，最高气温 31.9℃，气候干燥，风沙大，空气含氧量低，仅为海平面的 71%，是典型的大陆性气候。平均海拔 4000 米的地方，除了艰苦的自然条件，饮用的都是沙柳河的水。尤其到了春天，冰河消融，变成黄色的水，大家也只有把水接到家里的大缸里澄清了再喝。由于水利设施跟不上，所以水的问题一直没有得到解决。村里想办法解决水源问题，但主水渠有两公里多，大家第一天刚把水渠挖开，一场大风又把水渠填平了。文章寿说："有一年，村主任牵着牛到三大队办事，中间走累了，口渴，想喝水，却没有水喝，只能到有潦水的地方，吹吹飘在上面的羊粪，闭上眼睛喝几口。"

查查香卡农场，质朴得近乎荒凉，甚至有些粗犷原始。几百平方公里的原野，让多少调庄移民来的农户有了生活的希望，这里有一眼望去便能看到的四季景色，有纯净到让人窒息的美，但由于地处偏远，却有不得不面对的现实：

教育问题、水利设施问题、交通问题、电力问题、看病医疗问题……

1994 年末，村里有了太阳能，结束了 9 年无电的日子，家家户户能在电灯下生活。2007年，浙江援青，有了光伏电，村里又花了几万装了卫星接收设备，大家可以看电视。就如村书记所说，有了发射器，我们想看啥节目就有啥节目。然而，由于离乌兰县比较远，通往县城的道路一直没有得到改善，买一些生活用品就成为大家发愁的事。于是，村里便组织购物队，每过一个月，大家把自己需要的东西写好给购物队，赶着牛车集中到县里买。由于路不好，需要走7个小时才能到80多公里外的乌兰县城，遇上不好的天气，走十来个小时也是常事。有人生病，便成了大问题。大家帮忙拉到县里看病，在路上就要耽搁七八个小时。那一年，村民赵老汉心肌梗塞，还没有到县城，人就没了。

村里没有娱乐活动，生活再单调、枯燥、艰辛，大家也保持着积极乐观的心态。为了让大家的闲暇时间过得充实一些，村里开始自发组织在业余时间唱秦腔。没有专业的服装，就用被面做服装，没有道具就自己做道具。1992年，村里建了一个舞台，专门唱秦腔。一到春节，大家平时的练习就有了展示的舞台，他们从正月初三开始唱，一直唱到正月十五，越唱越有味道。队伍发展壮大到42人，光唱秦腔的人最多的时候达到32人。政府看到了，给了16万元扶持资金，村里买了专业的道具，买了专业的服装，还买了专业的音响。这下，大伙的兴头更大了，不但唱传统剧，也唱现代剧，越唱越专业，每年在德令哈还有专场演出。真可谓是生旦净末丑，有苦也有乐。

1958年，查查香卡农场出现了第一批开垦荒地的劳改人员，

村民们的业余生活——唱秦腔

他们在这片亘古岑寂的土地上开始了现代农耕文明的垦荒史。到1985 年，很多村民从湟中县丹麻乡调庄来到这里，他们为了生存，为了海西的发展，盈满激情，几度出现了人声鼎沸、彩旗招展的热闹景象，也体现了那个时候这片土地给青海、给海西带来的生机与希望。但是，再亏也不能亏教育，再亏也不能亏了孩子们，常年生活在贫困中的村民们心里明白，没有文化，没有知识，对一个家庭、一个村子、一个地方，甚至是一个国家来说，是多么可怕的一件事。由此，他们不断给政府打报告，请求政府解决教育问题，解决他们的交通问题，解决他们看病远、看病难的问题。

2008 年冬天，经过政府的支持，按照异地搬迁项目，整个托海村迁到了离乌兰县 12 公里的柯柯镇。政府给 92 户村民都盖了 100 平方米的房子，每家有一个小院子，包括猪圈都盖好，还给每家提供 3 头小猪。很多村民靠在乌兰县周边打工为生，有 17 家开出租车的，还有的承包小工程，20 多户当了生态保护员，年人均收入达到 6000 多元。

文章寿一家搬到柯柯镇以后，生活在原来的基础上又有了大的变化。他给老二娶了媳妇，老二开出租车，媳妇在周边打工，家里电器一应俱全，生活都进入了现代化。老三也娶了媳妇，文章寿老两口和老三一家一起住，老两口负责看孙子，老三两口在外面打工，生活越来越好。2015 年，土地流转把地承包给老板，每家每户都有承包费。文章寿一家 6 口，22 亩地，一年 4400 元的收入就到手了。

文章寿说："老大、老二、老三的房子都是政府盖的，这么好的事情我想都不敢想，但现实就是这样的，政府不但给我们盖了房子，还给我们盖猪圈，给我们买猪崽，让我们生活有保障。给年轻人培训技术，鼓励他们创业，让大家发家致富。有人说天堂好，天堂怎么样我没见过，但是和我以前的生活比，这里就是我们的天堂。现在家家户户的生活越来越好，这是遇到了好时代，遇到了好政府。"

这样的恩情
来世当牛做马都报答不了

　　都兰，蒙古语意为"温暖"。古代的都兰，先后有西羌、吐谷浑、吐蕃等民族在这里驻牧。明武正德七年（1512 年），东蒙古进入青海，都兰地区成为东蒙古诸部牧地。崇祯十年（1637 年），西蒙古和硕特部固始汗入据都兰。民国八年（1919 年），海西地区自设都兰理事公署，系甘肃省派驻管理，治所在都兰河畔的都兰寺附近，管辖海西地区蒙古八旗和藏族五族。民国十八年（1929 年），青海正式建省。原都兰公署改设都兰县，统辖海西地区。1949 年 9 月，青海解放。同年 10 月组建新的都兰县人民政府（临时）。都兰县历史悠久，从古至今都散发着岁月打磨的厚重印记。更值得一提的是，大规模的移民迁徙，给这个魅力辐射、文化多彩、生机盎然的都兰添了许多激情，并闪烁着温暖大地的光芒。

　　白生玉，2002 年从民和县新民乡侯家山村移民到都兰县巴隆乡河东村，因为起起伏伏的家庭变故而一度绝望，也因为政府的帮助而重生希望。

　　白生玉的老家在民和县的脑山地区，靠天吃饭，水利、交通设施落后。家里兄弟 5 个，3 个娶了媳妇，两个弟弟因为家庭困难，一直娶不上媳妇。那时候，大家都住在一个家里，虽然有 12 亩山地，但是一年一亩地打 100 来斤粮食，到第二年的时候就不够吃了，只能东家借西家欠，靠着微薄的收成艰难度日。

几十年如一日的贫困生活白生玉早就过烦了、过厌了，他想改变，想让自己的家人过上好日子，想让媳妇不再跟着自己受苦，想让孩子们不再挨饿。可是，一动就是钱，除了粮食，钱也是他们家最缺的，他的无可奈何、他的心酸只有他自己知道。

2002 年，民和县有了一个异地搬迁项目，白生玉觉得这是他脱贫的唯一机会。他也听之前移民到海西的老乡说那里有一亩能打 800 斤粮食的地，秋收的时候粮食就像山一样堆在麦场，只要能吃苦，生活不愁过不好。白生玉心动了，他报了名，虽然不是整体搬迁项目，民和县政府的扶持力度也没有之前移民过去的村民力度大，但白生玉知道，这是一个让他脱贫的机会。

去都兰县的时候，白生玉连家里的一只碗都没有拿，带了民和县政府给的一些盖房子的木头，拿着仅有的 700 元钱就出发了。他成了海西州都兰县河东村的一员，分到了 15.5 亩地，用民和县政府给的木头盖了四间房子，一家四口在政府的支持下就这样把户口落在了都兰。

据 2003 年数字统计显示，结合海西农垦企业改革，在本人自愿的前提下，对青海东部贫困地区的近 10 万村民，通过引劳、调庄、投亲靠友的方式移民到海西进行了统一安置，属地管理。海西州政府除了加大对就学就医、改善生活环境等公共设施和基础设施的投资外，还加大了菜畜两用暖棚、人畜饮水、草原四配套等一系列公共设施的投资，尽量在现有的条件下因地制宜地让贫困人员得到最大的收益。

然而，2003年的一份报告显示，海西现有的9.92万贫困人口中，大部分来自青海东部的干旱山区，大批移民的迁入，虽然为海西州的发展注入了活力，但由于移民过来的村民基础底子薄弱，让海西州的扶贫面临着前所未有的挑战。

挑战不仅仅是政府部门所要面临的，对每一位移民到海西的村民也是如此。就如白生玉一家，虽然盖了房子，一家人安顿了下来，可是他们仍然面临着气候、生产方式、生活方式的改变等一系列难题，而这些都需要他们去克服。

每年，白生玉都要精心规划给他家分的15.5亩土地，对土地的管理也事无巨细。到了秋收时节，自然也是硕果累累，一家人不但能吃饱饭，还有能换钱的不少余粮，两个孩子也上了本地的学校，生活一年比一年好，自己也有了一些积蓄。可是好景不长，2005年，白生玉妻子病了，身体底子本来就不好的妻子病情越来越严重，到西宁看病、住院、做手术花了3.3万，也花光了家里所有的积蓄，加之两个孩子越来越大，需要钱的地方越来越多，让白生玉一家的生活捉襟见肘。

白生玉以为来到海西，来到粮食堆成山的地方，来到一亩地能打800斤麦子的都兰，一切都会好起来，但是他怎么也没有想到因为妻子生病，生活一下子就回到了从前，回到了贫穷的边缘。

但是，海西是什么地方，海西是一个能吃苦就有生活保障的地方，有很多机遇的地方。经过介绍，白生玉从朋友那里承包了一些修水渠的工程，几个月努力下来，白生玉便挣到了4万元钱。这下，愁眉不展的白生玉又露出了笑容。他想，每年种好自己的15.5亩地，卖出去也有小1万的收入，承包一些水渠工程，再挣个几万，不过几年，盖一院砖结构的房子是没有任何问题的。

有了目标就有了动力，有了动力，四年时间，白生玉的钱包又慢慢鼓了起来，白生玉盖新房的计划也开始着手实行了。然而，世间之事，总有让你不如意的时候，也总有很多困难比自己预料的来得快，来得措手不及。那一年，对白生玉来说是噩梦一样的存在，他发现他的腿变得麻木，皮肤白得没有一点儿血色。更不能接受的是，他使不上力气，肌力越来越弱，到最后他变成了一个什么活都没办法干的人。

在盖新房的节骨眼上，白生玉到青海省人民医院和高心所检查，得到了一个让他绝望、让一家人绝望的结果：动脉栓塞。这是一种不能除根却要长期用药的病，一种不能干重活的病。听到结果的白生玉内心的痛苦是不言而喻的。他是庄稼人，庄稼人就要干农活，就要搞副业，如果没有力气了，怎么干？这个家没有了他这个劳力，生活的主要来源就没有了，他内心充满了无助和绝望。

白生玉是一个孝子，家庭条件相比于自己的哥哥要好一些。父亲脑梗塞、母亲心脏病，他不但给父母亲看病，在生活上也做到了尽心照顾。对和自己同样病情的哥哥，他拿出辛辛苦苦攒下的10

万元钱给哥哥治病，但由于哥哥的身体底子比较差，所以没过多久就去世了。而他为了治好病，从海西的都兰县跑回了海东的民和县。在民和医院，医生建议截肢，听完医生的建议后，白生玉的希望变得更加渺茫。他是一个农民，一个农民失去了腿，没有了劳动能力，不能行走，就没有钱可挣，这个家怎么办？为了他的家人，为了他的孩子，白生玉没有截肢，而是去北京找专家看，但3万多元花出去了，却没有治好他的病。他又到西安的西京医院，也没有一点儿效果。绝望的白生玉抱着试一试的态度到了青海的高心所，住了一个星期，他觉得力气恢复了不少，以前只走两层就气喘吁吁的他现在居然能从7楼走楼梯走到18楼。这样的结果让白生玉震惊，他也有点儿小相信，便坐电梯到1楼，从1楼开始重新走，走到9楼的时候，腿有点儿疼，但他没有放弃，休息了一会儿又开始走，再一次走到了18楼。两个来回，个把小时，却是他人生的转折点，让绝望的白生玉看到了生的希望，看到了未来。

能走路的白生玉在西宁住院期间，经常出去走路，他从高心所出来，朝着一个方向就开始走，能走多远走多远。那时候他觉得天也变蓝了，大城市的繁华也尽收眼底，想着有一天，他一定带着两个孩子和妻子到西宁来玩个够，玩个尽兴。

住了24天医院的白生玉又回到了都兰，回到了自己的家，这一次回家他坚持锻炼，早晨4点起床开始走路，6点开始打篮球和羽毛球，锻炼了40天再去复查，比出院好了一倍。他不相信会好得这么快，又到原兰州军区二医院复查，结果一样。这样的结果再一次让他震惊，家里的侄子知道这个结果也很震惊，专门宰了一只羊迎接他。那一天，他和家人好好地吃了一顿肉；那一天，家人心中所有的阴霾散去了；那一天，白生玉知道，他真的有希望了。

虽然不能痊愈，但白生玉可以干一些轻活。自己看病花了36万，这个家庭还需要他来支撑。为了尽快走出生活的阴霾，他的眼睛瞄准了红火的枸杞市场。2015年春，白生玉种了10亩黑枸杞苗，又从宁夏买了5亩红枸杞苗，再一次开始了他的创业之路。同年年底，白生玉成为建档立卡贫困户，主管扶贫的副乡长成为白生玉的帮扶责任人。2016年，白生玉享受了住建局和扶贫办两个单位的扶贫项目，给了5万元钱，自己添了6万，盖了一院7间封闭式砖木结构的房子。2017年，为了让白生玉一家彻底脱贫，又考虑到白生玉不能干重活，政府出资让他建两个120平方米的棚圈发展养殖业。白生玉把两个棚圈合并成一个250平方米的棚圈，发展养猪业。

经过一家人的苦心经营，15亩地里的枸杞苗越长越壮，白生玉心里也乐开了花，只要把这些枸杞苗卖出去就是钱，而且是一大笔钱。然而，2018年的枸杞市场一路下跌，黑枸杞苗也变得不值钱了，白生玉只好把10亩地的黑枸杞苗全部挖了种青稞。而那5亩的红枸杞因为买的苗是不结果的假苗，也全部挖了种青稞，三年的苦心经营不但没有挣到一分钱，反而赔了万把块钱，白生玉的希望落空了。

白生玉说："我以为15亩枸杞能让我起死回生，没想到枸杞市场一路下跌，三年的辛苦就这么白费了。如果不是政府投资给我建棚圈，让我发展养猪业，恐怕我们一家人的生活一点儿指望都没有了。在我最艰难的时候，政府给我报了医药费，还补贴了5万给我盖了这么好的房子。现在，我的棚圈里养了9头母猪、1头公猪，自繁自养。到了2019年2月，小猪崽就下了，钱也就来了。"

为了让自己养殖的猪更有市场竞争力，白生玉还种了8亩燕麦、4亩苜蓿，目的就是要给母猪喂绿色食品，不用饲料。按照正常饲料喂养，猪仔一般6个月就出栏了，白生玉喂的小猪崽10个月出栏，不但能保证猪肉的肉质，价格也会比市场上的高一些。他觉得他就是一个农民，农民就要脚踏实地，既然要搞养殖，那么就要踏踏实实搞养殖。

2017年7月，白生玉一家搬进了新家。站在宽敞明亮的房子

贫困户异地搬迁后的新居

里，被暖暖的空气包围着，心里也暖暖的。这么多年来，他真的奋斗了，也真的努力了，然而生活的不如意让他一次又一次地把一家人带到了绝望的边缘。只是他也很幸运，能够得到政府的扶持，能够得到村委会的帮助，还能够得到邻里的关心。这一切就像这温暖的空气，没有他们，便没有白生玉的再生。

走进白生玉的小院，向日葵开得正艳，院子里种满了各种时令蔬菜。白底青瓦的围墙，全封闭式的铝合金窗户，车房、农具房坐落在院子一角，却一点儿也不凌乱。走进房子，白底粉花的瓷砖，带着贵妃床的大沙发，配着白底粉花的沙发垫，看着既干净又整洁。家电设施一应俱全，有50英寸的液晶大电视、三开门的冰箱、洗衣机、电灶、太阳能热水器等，怎么也看不出他们是建档立卡的贫困户。

白生玉说："我已经脱贫了，得病花的36万政府报销了一大部分，现在除了发展养殖业，政府还给安排了公益性护林员，每个月有1350元的工资。虽然我每天的药钱需要40元，但我也能支付得起。我们一家能脱贫，能住上这么好的房子，往大里说都是国家想着我们惦记着我们，往小里说是海西州的扶贫政策好、干部好，这样的恩情来世当牛做马都报答不了。"

我的心里
住着个梁大队长

　　马吉英曾经是民和县联合乡齐家岑村的村民。虽然属于浅山地区，但由于降雨量少，常年干旱，一年十种九不收。种的粮食不够吃，村民多以打工和养羊维持生计。马吉英对老家的记忆是苦涩的，齐家岑村是一个交通非常不便利的村庄，去一趟县城走路需要翻山越岭两个半小时，开着手扶拖拉机需要 5 个小时。去兰州的窑街拉一趟煤，煤钱 100 元，运费 150 元。学校在乡政府，步行需要走 30 公里，一个星期只能回一趟家，夏天遇上下雨，冬天遇上下雪，对孩子们来说就是极限挑战。村里没有自来水，吃的水都是下雨的时候收集的窑水，夏天下的雨冬天吃，那味道在马吉英的嘴里都是永远抹不去的记忆。更让马吉英忘不掉的是借粮，吃的不够，东家借，西家还。那时候村里大多数人家都吃不饱，借粮的艰辛可想而知。

　　屋漏偏逢连夜雨，2001 年 8 月，山体滑坡，村里大多数村民家的房子开裂成为危房，马吉英家也不例外。为了让齐家岑村的村民彻底摆脱贫困的现状，民和县政府逐级上报经省政府同意，救灾移民到海西州都兰县。

2001 年 9 月，齐家岑村的村民在政府的扶持下，统一移民到海西州都兰县巴隆乡。民和县政府给马吉英一家搬家费 3000 元，马吉英拆了房子，带上了旧房子上的所有木头，还有家里能带的所有家当，踏上了去海西州都兰县重建家园的征程。

刚组建的河东村有从民和县联合乡、松树乡、芦草乡移民过来的 120 户 600 多人。2002 年又从乐都的南山乡、北山乡移民过来 135 户近 600 人。2002 年，又将民和县 27 个乡镇的 80 户贫困户近 300 多人迁到了河东村。

魅力无穷的柴达木盆地地广人稀，土地资源丰富，吸引东部贫困地区的村民前仆后继进入海西改变自己的命运，为青海省委、省政府实施的开发式扶贫开辟了新天地。但异地扶贫是一项复杂的系统工程，它牵扯到扶贫政策、预期目标、移民群体、生态环境、文化教育卫生事业等诸多方面，在扶贫的不同历史阶段，也会有不同的问题出现。尽管前期做了大量的论证调查工作，但在实施过程中还是出现了难以预料的状况。面对出现的问题，海西州委、州政府出现一项解决一项，使移民上来的村民们在最短的时间里安下心，扎下根，尽快投入到新的生活中。在水利、道路、人饮、卫生、学校、林业等生产和社会公益设施上下大功夫，有计划、有组织地进行扶贫开发，在改革开放初期，极大地保证了移民村民的利益，将实现共同富裕的伟大事业推向了新的历史阶段。

到了都兰的马吉英一家分了 16 亩地和一间农场的旧瓦房。初到都兰是秋季，正是蚊子疯狂肆虐的时候，面对着数不清的蚊子，看着一望无际的荒漠，感受着干燥的气候，马吉英的媳妇慌了，她和很多村民一样有着对这个陌生地方的恐慌。到了冬天，大风侵袭着他们落脚的农场，就好像要把他们吹出海西一样。沙尘暴来的时候，一米之内视线都很模糊，很多女人不习惯这里的生活，哭着嚷着要回家。

面对困难，大家都有了打退堂鼓的打算，他们觉得老家虽然穷，但是没有蚊子，没有沙尘暴，没有像刀子一样的风。他们不相信这么恶劣的气候下还能长出像山一样堆满麦场的粮食。住惯了老家的土坯房，闻惯了家乡的味道，都兰对他们来说太陌生，太残酷。

看着没有信心的大伙，作为巴隆乡河东村三社社长的马吉英急了。他把大家召集到一起，推心置腹地给大家讲道理："乡亲们，我们大家算是安顿了下来，我知道很多人都不习惯这里的生活，但是我们已经没有了退路。大伙的房子已经拆了，所有的家当都带到了这里，我们回去还要重新开始，大家能不能再等等，种一年庄稼再决定呢？我知道大家都不同程度地遇到了困难，的确，这里的蚊子黑压压一片，咬起人来能吓死人。这里的风刮起来就像刀子割到身上一样疼。但是，这里有水，有一亩能打800斤粮食的地，我们人均分到4.2亩地，家家户户都算一算，一年得打多少粮食啊？这里的政府最大程度地给了我们支持，给我们的生活创造了条件，如果我们没看到粮食成熟就打退堂鼓，是不是真的对不起我们的一番折腾？我劝大家再坚持一下，见了兔子再撒鹰也不晚。"

马吉英的话触动了大伙的敏感神经，他们知道，他们别无选择；他们知道，只有坚持才能有出路。

2002年，马吉英在分到的16亩地里种了青稞，又从农场里承包了14亩地种青稞。青稞抗旱抗寒，产量高，好打理，这对刚落脚都兰的他们一家人来说再适合不过了。

刚到农场的时候，有一个人经常会帮助他们，他就是农场的大队长梁春柏。这位身高1.98米的河南籍大汉，处处为他们着想。浇不上水了，梁春柏先考虑村民的地，再考虑农场的地。孩子们上不了学，梁春柏就给学校下任务，让老师们照顾村民的孩子，并让孩子们安心学习。自来水不好，梁春柏第一时间赶到。梁春柏的无私帮助深深地感动了马吉英。锦上添花易，雪中送炭难。对他们这些经历过贫穷、经历过苦难的村民来说，在都兰，在这个陌生的地方，梁春柏的帮助就是雪中的炭火，温暖了他们的心。

马吉英说："刚刚上来时，家家户户都有困难，都需要解决，梁队长就一家一家地解决问题。他虽然不是我们的亲人但胜似亲人，他也像我的亲人一样住到了我的心里。"

经过一年的努力，到了秋收的时候，自己的地收了两万斤青稞，一斤青稞0.44元，近9000元的收入就进了马吉英的口袋里。另外农场承包的14亩地，除去给农场的种子费、化肥、承包费，马吉英挣了8000元。一下子挣了这么多钱，媳妇的脸上笑开了花。

　　这一年，马吉英一家盖了5间封闭式的房子，是当时村子里最好的房子。有了亮堂的房子，有16亩地，有力气，这日子还愁过不好吗？同样，和马吉英一家一起上来的其他村民家家户户大丰收，他们看到了生活的希望，也渐渐喜欢上了这个地方。

州领导调研精准扶贫

　　马吉英是一个木工，看到上来的百十户人都需要盖房子，便捕捉到了商机。夫妻两个人一合计，马吉英开了一家玻璃店。媳妇心灵手巧，在老家的时候就学过裁缝，开了一家裁缝店。赶上了好时机，夫妻俩的生意自然好。后来，木头窗户不流行了，他和媳妇就开了一家窗帘店，也挣了不少钱。如今，除了窗帘店，马吉英还开了一家超市，不但方便了村民，自己也在家门口挣了钱。

　　对马吉英来说，不光是自己挣钱，更重要的是带动村民脱贫致富，安居乐业。近 300 户的一个村，各家有各家的情况，条件也不一样。马吉英觉得，不管条件怎么样，每一个村民心里要有一本账，能够算清楚怎么样才能挣到更多的钱。因此，马吉英经常到村民家宣讲，让他们把剩余的劳动力支配起来。俗语说得好："一技在手，走遍天下都不怕。"为了让村民的短期务工变成长久务工，为了让村民挣到更多的钱，他到乡政府申请，利用县教育局的阳光工程，还有扶贫办和就业局的短期技能培训，把培训项目引到村里来，先后进行挖掘机培训、装载机培训、驾驶证培训，让村民们拿着证件外出打工。

种了几年的庄稼，马吉英差不多把都兰的地理情况摸透了，这里的地不能种重茬，第一年种青稞，第二年就要种其他农作物，只有这样，产量才能上去。他凭借巴隆乡距离格尔木不远的优势，通过格尔木这个大市场的消息和其他渠道的消息作参考，按市场需求种农作物，不但让村民们赚到了钱，还把种植风险降到了最低。

有一年，马吉英通过市场消息判断，认为土豆有一定的市场，便建议大家种土豆，海西的地属于沙土地，种出来的土豆淀粉含量高，表面光滑得和鸡蛋一样，而且口味好，很多人都喜欢吃。因为质量好、品相好，价格也要比其他地方的贵一些。但是，有几户村民认为大家都种土豆，绝对没有好的市场，他们便反其道而行，种了菜籽。那年秋天，农作物大丰收，土豆一亩亩产就达到了 6000 斤，一斤比其他地方的贵一毛钱，一亩能收 4200 元。那一年，马吉英种土豆的收入就达到 1 万多元，有的村民收入更多。

而那一年，菜籽价格偏低，没有卖上好价钱。从此以后，种了菜籽的几户村民更相信马吉英了。

马吉英是一个热心人，他觉得困难不是逃避的，是要面对的。当初他们整个村搬到了都兰，面对一个又一个困难，除了迎难而上，没有别的办法。在他们最困难的时候，他们身边有了一个让他们可以依靠、可以求助的人，那就是梁队长。现在他作为村里的干部，也在村里遇到困难、村民遇到困难的时候帮助大家。他说："这是一种传承，也是一种责任。"

经过16年的朝夕相处，村民们不但相信马吉英有种植头脑，更相信他的办事能力。村里的基础设施出了问题，马吉英便会直接和相对应的单位第一时间对接，解决问题，给村里带来了极大的方便。同时，他还通过自己县人大代表的身份提提案，给村里解决问题。村民们开玩笑说："马书记勤快着呢，水利局、交通

两市三县扶贫局长碰头会

局、农牧局、教育局等等他都轻车熟路，我们村里出了任何问题，马书记都能在第一时间给我们解决。而且还给我们带培训项目，让村里的年轻人在家门口学技术，让大家一起致富。一家富不是富，全村富才是富，这就叫本事！"

村民王老汉说："16年了，如今这里的生活和老家比，一个在天上一个在地上，海西就是天堂，而老家却什么都没有。我这一把老骨头，如果不是移民到了海西，或许早就不在人世了，不是饿死就是穷死了。现在我天天吃肉吃面，日子一天比一天好，家里的孩子们养了个小汽车，过年的时候还要拉上我到老家转亲戚，风光得很。我是看出来了，海西这个地方，政策这么好，就业机会这么多，只要肯动脑，肯下苦力，家家户户实现小康就是这两年的事情。"

干部们
连我家有几只碗都知道

巴隆乡新隆村的韩金花很小的时候就跟随父母移民到了海西。

那时候，父母带着她和两个哥哥走了两天两夜才到海西的都兰县。她的老家在民和县唐尔垣村，在她的记忆里，那是一个饿肚子的地方，那里水地很少，靠天吃饭，她从来就没有吃饱过饭。

韩金花的父亲是塘尔垣村的赤脚医生，又是村里的会计，看着村里的村民每天为吃不上饭发愁，便带着村里30多户贫困村民调庄到了海西。

韩金花的父亲带着村民来海西州都兰县，是赶上了当时青海省实施的"八七三大扶贫项目"。该项目是集农牧业、水电路、科教卫为一体的综合配套工程，也是一项跨越地域的异地扶贫工程。该工程的建设，对解决我省东部干旱山区生存条件极差的贫困农民利用柴达木盆地的水土光热资源异地脱贫致富，促进香日德巴隆地区的经济和社会发展具有十分重要的意义，也对以后大规模的移民工程奠定了坚实的基础。扶贫开发工作是"得民心工程"，改善贫困地区的生产生活条件，提高贫困人口的收入水平和生活质量成为海西州扶贫工作的主要目标。随后，一系列扶贫项目的实施，大幅度降低了项目区贫困县的贫困程度，最主要的是，贫困农户自我发展能力明显提高，由"政府主导型"模式转化为"政府主导、社会参与、自力更生、开发扶贫、全面发展"的符合我国国情的扶贫开发模式，是海西州在扶贫工作中取得的最大成绩。

第一次面对瀚海戈壁，第一次面对干燥的气候，第一次面对肆虐的风沙，第一次看到那么多蚊子追着自己不放，很多人都害怕了。同样的事情也发生在这30多户村民中，他们怎么也想不到

枸杞采摘季

这样的地方还能产出堆成山的粮食，有一些村民退缩了，他们觉得老家那个地方气候好，再不济也是生活了几十年的地方，于是，放弃了这边的安置，又回到了老家。而大多数村民都听了韩金花父亲的劝说，留了下来，留在了都兰县巴隆乡。

韩金花是回族，有着自己民族的信仰和习俗，但和村子里其他的民族相处得像一家人。这个大家庭，不仅让她感受到了温暖，也让她对以后的生活充满了希望。

落户巴隆乡以后，一家人的生活慢慢步入正轨，生活有了明显的起色。韩金花的父亲盖了房子，她大哥结婚分开另住，有了自己的小日子。而她和父母、二哥住在一起，生活呈现出一年比一年好的光景。然而，不幸的事情却毫无征兆地敲响了她家的门。

1996 年，韩金花的二哥外出打工不幸去世。白发人送黑发人，对韩金花的父亲来说，就像晴天的一声霹雳。从此，他因为思念儿子一蹶不振。1998 年，韩金花的父亲胃出血去世，留下韩金花的母亲一个人守着一个大院子度日。为了照顾母亲，韩金花退掉了租住的房子，带着丈夫和两个儿子住到了母亲的家里。有了母亲帮她带孩子，韩金花和丈夫马维明一起务农、打工挣钱，日子也渐渐好了起来。

2008 年，韩金花的丈夫在韩金花名下贷了 1.2 万元，在自己名下贷了 1.5 万元，出去做生意。韩金花以为他们的日子会越来越好，没想到，丈夫从此便不好好回家。母亲也另外嫁人有了归属，跟着现在的丈夫出去做生意，留下了韩金花和两个孩子三个人相依为命。那是韩金花心里的痛，丈夫的背叛让她对生活失去了信心。但看着两个年幼的孩子，韩金花的每一天都在强撑着度过。平时除了照顾两个孩子，还要劳作地里的活，生活的重担一下子压在她一个人身上，艰难可想而知。

到 2015 年，韩金花带着两个孩子生活已经有 8 年时间了。两个儿子一个读高中，一个读初中，她也被岁月磨成了比实际年龄大的中年妇女。而且，由于吃饭不规律，韩金花得了胆结石，那是韩金花最艰难的日子，身边没有亲人，丈夫不知在何处，两个儿子无人照顾，地里的农活也只能靠左邻右舍帮忙，她躺在医院里却什么也做不了。同年，韩金花被列为建档立卡贫困户。2016 年，海西州政府给贫困户发展产业资金，韩金花申请到 25600 元用来种枸杞。3月，韩金花被聘为生态管护员，每个月工资1200元。一家人还被纳为低保户，每人每月272元。为了让韩金花彻底脱贫，改善居住环境，驻村干部和村委会商议，将韩金花的宅基地规划为村委会，补偿7万元，危房改造给了5万元，韩金花自筹资金两万元，经村委会协调，将已经搬到县城的另外一户村民的房子买了下来。这个院子在村里来说都是数一数二的，9间室内面积为151平方米的全封闭式的房子，房梁全是实木，房檐雕花，既气派又大方，附带两个牛羊棚圈。

自从住进这院房子后，韩金花感慨万千，她一个女人，就算拼尽全力也不可能住上这么好的房子。现在的这个院子，两个儿子将来娶媳妇她都不用发愁了。政府不但解决了她的住所，而且连她的后顾之忧也解决了。韩金花还享受了教育方面的优惠政策，老大儿子现在上技校，老二儿子上高中都有教育补助资金。而韩金花2017年的收入就达到了40350元，还不包括摘枸杞的零散费用。有钱了，生活自然就轻松了很多。韩金花的生活发生这么大的变化，这是她以前想都不敢想的事情。

到韩金花的家里，已经是晚上8点多了。房檐上的那些雕花在灯光的照射下显得格外气派，院子里的花朵也在竞相绽放，显得格外美。刚刚摘枸杞回家的韩金花正在吃晚饭，一个人的晚饭有些简单，她却吃得很香。韩金花说："2018年枸杞价格不好，外来采摘的人很少，村里人就互相采摘，今天他们刚把王家的枸杞采摘完，明天打算去采摘张家的。"韩金花种了6.5亩枸杞，收了

400 斤，外收每斤 7 元。烘干费 4 斤 2.5 元，采摘费 1 斤 1.2 元，1斤的成本要达到 1.83 元，总成本 7.3 元，第一茬韩金花亏了。第二茬遇上大雨，没有烘干，也亏了。第三茬挂果少，基本不采摘，2018 年，韩金花的枸杞亏本了。

除了种枸杞，韩金花把其余的 5.3 亩土地承包了出去。韩金花没有其他的地可种，就打些散工补贴家用。看着大家把枸杞都挖了，韩金花也很着急，但她不想挖，她想着再种一年试试看，种枸杞已经花了三四万，如果就这么挖掉，太可惜了。她觉得 60%的枸杞都挖了，剩下 40%，明年价格会不会有反弹，这样是不是有回转的余地？

很小就移民到海西都兰的韩金花，看到了海西州移民扶贫的艰辛和不易，也见证了移民扶贫的成果。她说："刚来的时候，我们吃的水都是下雨时大坑里积攒的水。后来，开着手扶拖拉机到河东村拉干净水，每天都在大门口等着，给一个小桶求着带一点儿水。后来，村里通了自来水，有了干净水喝。没有电，柴油灯照得大家脸都是黑的，后来通了电，屋里亮堂得就像白天。经过政府这么多年的努力，危房改造项目让村民都盖了新房，原来的土圩垃村变成了砖房新村。以前家家户户没有围墙，大门口拴一条狗，现在家家户户有了院子，有了大门，鸟枪换炮，变了一个样子。道路通了，通信网络有了，广场修了，太阳能的路灯也拉上了。一年一个样，让我们的生活越来越舒坦。现在政府考虑我们怎么发家致富，怎么奔小康，只要村里有实际困难，立即解决。

去年因为枸杞被水泡了，都坏了，没卖上钱，今年政府就给我们村修了一个烘干厂。"

对韩金花来说，生活是不幸的，但是在和命运抗争的过程中，在生活最困难的时候，她得到了政府的扶持和帮助。她赶上了所有的优惠政策，想创业就给你扶持资金；孩子上学，就给你教育补助；生病了医药费报销；就连她家有几只碗，干部们都知道。这一切，让她有信心摆脱贫困，让她彻底脱贫致富。她说："我是有手有脚的人，生活的不幸让我抬不了头，但是政府看在眼里，记在心里，是政府让我的生活翻了几番，我真心感恩。"

离开巴隆乡新隆村的时候，已经是晚上的10点多钟了。扶贫局的小靳、巴隆乡的李强以及司机师傅一直在耐心地等着采访结束。在回去的路上，我才知道，像这样工作到深夜的情况，他们已经习惯了。扶贫攻坚期间，很多干部一个星期甚至十几天、一个月不回家，吃住在办公室或是扶贫村，加班加点已经是常态化的工作状态，尽管工作非常辛苦，但看到一个个贫困户脱贫过上好日子，打心眼里高兴。听小靳说，海西州扶贫干部的工作状态差不多都一样，并不是他一个人这样，很多领导干部吃住在扶贫村，就是要从根本上解决贫困户的贫困问题，从精神上改变老百姓的状态。

我是老党员，
花了国家这么多钱，心里有愧

1951 年，阿国宝随父亲离开了湟源县大华乡，虽然那时候他只有 8 岁，但他清楚地记得，父母亲离婚了，阿国宝和父亲没有饭吃，两个人就一路向西，到了如今的都兰县察汗乌苏镇上庄村这个地方。

阿国宝的父亲有一手做蒸笼的手艺。俗话说："荒年饿不死手艺人。"在上庄村，父亲做一副直径 52 厘米的 5 层蒸笼有 3 块大洋的收入，父亲的手艺好，要的人多，两人便在上庄村安顿了下来。

过了几年，父亲再婚，阿国宝也长大了，他开始跟着大人挖水渠、修水库，俨然就是一个壮劳力，那年，阿国宝 12 岁。

阿国宝的一生经历了生活困难的 20 世纪 60 年代，粮食一亩打不到 200 斤；也沐浴了改革开放的春风，让他过上了好日子。他当过民兵连的副连长，也当过大队的队长，带着村民开垦过荒地，带着大家在村周边种下了 3000 多棵白杨树。

阿国宝 20 世纪 60 年代结婚，一共生下 6 个孩子，两个儿子，4 个女儿。他在都兰生活了 60 多年，比起陌生的湟源，这片土地才是他的故乡，他在这片土地上有属于自己的56亩土地，他是种庄稼的能手，一年挣个五六万也是平常。他给两个儿子娶了媳妇，把4个女儿嫁了出去，看着自己的孙子、外孙子出生，慢慢长大。

然而，阿国宝却成了贫困户，成了建档立卡的贫困户，原因是因病致贫。

2014年，70岁的阿国宝吃饭出了问题，吃得不对胃就疼，饭量也比以前少了很多，想着自己年龄大了，出现这样的情况也是正常，所以就没有当回事。反倒是自己的媳妇王玉梅因为腰椎间盘突出，干不了活，让他很发愁。只要手里有闲钱，他就带着媳妇看病，中医、西医都找过了，却总不见成效。老两口因为身体原因不能务农，家里的收入也少了，遇上老二离婚又娶媳妇，不但花完了积蓄，还借了外债。

2015年，阿国宝的胃病越来越严重，家人便带着他到西宁做检查，确定为胃癌。医生的诊断结果让一家人吃了一惊，阿国宝自己也没有想到会得这么重的病。胃癌，不但要做手术，还要进行化疗，治疗费用可是很大的一笔，这样的负担对于像阿国宝这样的家庭是承受不住的。为了治好病，儿女们开始筹措资金，打算给父亲动手术。

由于家庭困难，阿国宝的手术一拖再拖。2017年初，一家人筹够了钱给阿国宝做了手术，40天的时间，花了17万，总算让阿国宝捡回来一条命。阿国宝的胃病好了一大半，还有一个重要的原因，政府给他报销了13.5万。13.5万，对一个贫困户来说，是一个天文数字，如果靠着一家人还清欠债，可能需要好几年。

正当一家人因为父亲的事情松了一口气时，母亲的老毛病又犯了。2016年，母亲因为腰椎间盘突出而不能下地走路了，一家人又带着母亲到青海省红十字医院做了腰椎间盘突出的手术，这一次，政府的报销比例达到了97%，母亲的病没有花多少钱就解决了。

阿国宝8岁来到都兰，50多年的党龄，他觉得他是一个老党员，不能占国家的便宜，可是自己胃里长了一个鸡蛋大的疙瘩，自己的媳妇又得了不能干重活的病，花了国家那么多钱，他心里觉得有愧。他说："要不是国家扶贫政策的好处，我早就死了。"

经过几十年的努力，海西州政府在扶贫攻坚工作中取得了很大的成绩，从东部移民过来的村民很多已经脱贫，有的甚至成了致富带头人。到2018年，每个村的贫困户也就只有一两户，一些大的村子也就十几户，导致村民致贫的无外乎几个原因：因病、因灾、因残。其中因病致贫占了一大部分，为了让这些村民彻底脱贫，海西州政府多措并举，给贫困户最大力度的扶持和帮助。除了提高医保报销比例，政府还自己掏钱给贫困户缴纳保险——正常报销医疗费之外，还可以通过保险公司获得赔偿，这样的举措大大减轻了村民的负担。

为了让更多因病、因灾、因学致贫的村民有更多的保障，海西州政府推出"防贫保"和"脱贫保"工作方案是对致贫返贫隐患比较大的贫困户和处于贫困边缘的农牧区低收入户，以及人均收入不高不稳的脱贫户等特殊人群推行的工作方案。对因学致贫的，各地扶贫部门与教育、团委、残联、民政部门进行对接，审核确定补助名单后，已享受以上部门补助的，按照每人每年学费及生活费5000元的标准，由中国人民财产保险股份有限公司海西分公司所辖机构进行据实补差；因病致贫的以各地民政部门提供的低保户名单为准，每季度报各地扶贫部门审核后，由中国人民财产保险股份有限责任公司海西州分公司所辖机构复审并按照比例进行报销。仅防贫保这一项，海西州政府投入的保险金达到500万元。而脱贫保就更有针对性，是针对那些建档立卡参保人员在扣除基本医疗保险、大病保险、民政医疗救助及卫生医疗救助（含其他医疗救助）报销后的起付钱（门槛费）等剩余医疗费用保险问题的。这一项，海西州政府一年投入的资金达200万元。也就是说，对返贫隐患大、建档立卡的贫困人员，海西州政府有针对性地给予扶贫补助，这就是阿国宝两口子看病报销比例高的原因，也是让他们一家人能够安心生活的原因之一。阿国宝的媳妇王玉梅说："自从动了手术以后，我腰椎间盘突出的病得到了治疗，现在我能下地走路了，至少我现在不是一个靠儿女们伺候的废人了。我们庄稼人，院里院外都有活干，你让我天天躺在床上，我一天也活不下去。如果让我们自己掏钱做手术，一大笔费用按我们家现在的情况根本就担负不起，这都是政府为我们考虑得周到，想到我们的心坎里去了。"

说起村子的发展，阿国宝心里的账本就一笔一笔翻开了。他说："以前啥都没有，闹饥荒那几年，还没等到粮食成熟，大部分

浙江援青医疗专家组送医下乡活动

就被偷吃了。70 年代，我们这里的粮食还是够吃的，能够养活一家人。到了 80 年代，国家的投资建设越来越多，农闲时候可以外出打工挣些零花钱。90 年代，扶贫工作越来越被政府重视，我们的基础设施开始逐步得到改善。2000 年以后，都兰进了大电网，结束了上面照灯泡、下面点蜡烛的生活。从那以后，硬化路、人畜饮水工程、教育、交通等基础设施都得到了改善。2011 年，党政军企共建，政府又给我们做了院墙大门。后来，高原美丽乡村开始，我们的村子变得越来越美。更值得一提的是，海西州政府为了孩子们上学方便，老人们就医方便，在都兰县给我们盖了楼房，花了不多的钱分到了一套 108 平方米的房子，3 楼，阳光很好，没想到老了老了还住上了楼房，你说，我这便宜占得是不是有点儿大？"

由于时间紧迫，我们把阿国宝的采访时间定在了早晨的 6 点，采访结束走出院子，清晨的第一缕曙光正照在小院里，院子外面的杨树上洒着金光，远处的麦子金黄一片，清新的空气，朴实的人家，一切都是那么美好，也让我看到了这家人幸福的将来。

贫困
是心中过不去的梗

香日德，曾经是柴达木的粮仓。早在 20 世纪 70 年代，这个地方就连续 3 次创造了春小麦单产全国纪录，将柴达木绿洲农业载入了世界农业史册。香日德，历史缝隙里的记忆。根据资料记载，清朝历代驻藏大臣、中央政府派往西藏的官员、进驻西藏的军事长官和士兵，还有西藏到京朝见的活佛、贵族，以及往返于拉萨、西宁的汉藏商人，都要在香日德滞留、休整、添办伙食、乘马驮牛及旅途一应设备。长期关注青海区域历史的研究员崔永红认为：“从史料的角度看，吐谷浑有两处都城，位于都兰香日德的王城和位于青海湖西北的伏俟城，前者要早一些。都兰香日德王城不仅在吐谷浑时期，而且在吐蕃统治吐谷浑之后都曾是青海道丝路的腹心。”香日德，“绿色司令部”。近千条防护林带，几万亩的成林，几千亩苗圃，数千万株树木。有人曾计算，香日德的树木，如果株距一米从香日德栽起，经过青海湖，翻越日月山，过西宁，一直能栽到兰州。如今的香日德，百姓安居乐业，村落庭院错落别致，树影婆娑，果实成串而缀，已是荒漠中的绿洲，老百姓心中的天堂。

香日德镇香乐村也是一个移民村，村子现有603户2740人。一排排大杨树把这个村子点缀得郁郁葱葱，金黄的麦穗迎风荡漾，红色的枸杞就像是红色的珊瑚，又如晶莹剔透的红玛瑙，惹人喜爱。走进这样一个村庄，仿佛走在了农业繁盛的东部农业地区，你怎么也不会将它和戈壁瀚海联系在一起。

在这个村子里，42岁的盛兆岁是一户比较特殊的贫困户，两岁时得了腰椎结核，因为没有钱治病而导致残疾。20多岁的时候，因为家里无力承担他的生活，跟随弟弟一起移民到了海西。

对盛兆岁来说，贫穷是他心中的一个梗。在他的记忆里，贫穷让他残疾，贫穷也让他吃不饱饭，贫穷还让他离开父母背井离乡。所有的一切都是因为贫穷，所以，他痛恨贫穷却无可奈何。

在乐都老家的20多年里，盛兆岁的家人一直在和贫穷抗争，一直在和盛兆岁的疾病抗争。盛兆岁的父亲是一个民办教师，微薄的收入本就难以支撑起一个家庭的生活，加之他们老家缺水，靠天吃饭，雨水好的时候还能有些收成，雨水不好的旱年，有的地里几乎颗粒不收。盛兆岁的病，一拖再拖，身体状况越来越差，几乎到了站不起来的程度。

没有钱到大医院看病，盛兆岁的父亲一有钱就带着他看遍了周围的赤脚医生，寻遍了偏方，但效果甚微。上大医院看了一次病，医生说这个病拖延的时间太长了，只能到西安去看，看好就能看好，看不好就是终生残疾。14岁的时候，盛兆岁上二年级，父亲得了一个偏方，说是在脚腕上绑上绳子倒吊起来，能够治好这个病。

父亲在梁上拴上绳子，就这样开始了3年的倒吊治疗之路。刚开始的时候，盛兆岁觉得全身的每一块肉都是疼的，他从开始只能倒吊几分钟到三年后能够倒吊一个多小时。而这三年的努力没有白费，盛兆岁可以走路了，但他的身高却永远停在了1.50米。

在家乡的20多年，盛兆岁艰难地过着每一天。因为身体的原因，他不能干重活，只能干一些家务活。那个年代，庄稼地里需要劳力，外出打工需要力气，他却什么也做不了，只能每天待在家里帮一些零碎的、比较容易的家务活。

2002年，赶上移民项目，经过家人商量，盛兆岁的弟弟将他带到了海西。而对盛兆岁来说，也无别的路可走，至少，在海西他不用饿肚子。

初到香日德的时候，弟弟一家都分了地，盛兆岁也分了3.8亩地，但是遇到了所有移民村民遇到的问题，就是不适应，气候不适应，生活不适应，条件艰苦，所有的一切都要重新开始。盛兆岁有残疾，遇到的困难自然要比其他人多一些。因为气候不适应，经济条件差，盛兆岁经常生病住院，自己住院还要弟弟照顾，所以他一直活在愧疚和卑微之中。他觉得弟弟、弟媳每天干活都很辛苦，他什么活都干不了，什么忙也帮不上，他们还要照顾他。但无论如何，既然来了，日子总要过下去，生活也要继续下去，盛兆岁尽量多做一些力所能及的家务活，为弟弟一家减轻一点儿负担。日子推着就过了几年，有一天，盛兆岁想着一家人刚来时的情景，又看着今天的生活，他突然发现，原来生活一天一天在变好。弟弟种的十几亩地收成高，一年也能挣个万把块钱，粮食随便吃，肉也经常吃，比起老家，生活不知好了多少倍。

2015年，盛兆岁的腰椎起了一个脓包，做了两次手术，花了8000多元医药费，由于他是建档立卡的贫困户，政府给全部报销了。现在有一些术后的后遗症，他可以用政府帮他省下来的钱买药治疗。

现在的盛兆岁是一名生态管护员，每个月有1450元的工资，低保每月给他316元，因为身体残疾每月给他100元，整个算下来，一年的收入有两万多。以前贫穷是他心中的一个梗，现在自己的腰包也是鼓的，头也自然而然地抬高了不少。

香乐村的大多数村民都是从乐都脑山地区移民过来的，起村名的时候，用了香日德和乐都的首字，目的就是不要忘记自己从哪里来，现在生活在哪里，永远不能忘了这段移民历史，永远要牢记海西对他们这些贫困人口的再生之恩。

香乐村的支部书记甘延煜也是从乐都移民到海西来的。2002年，甘书记一家四口每人得了450元的移民费，雇了一辆康明斯汽车，拆了自己家的房子，把所有能拉的全部都装上了车，就连喂猪的食槽都拉到了海西。

甘书记说："1999年到2001年，老家经历了三年大旱，种一袋好的麦子收一袋不好的麦子，全家人都吃不饱饭，两个孩子还小，为了孩子的将来，背井离乡，抱着一线希望来到了香日德。"

甘书记他们移民到香日德的扶贫项目叫作"海西州香巴异地扶贫开发项目"，是集开发资源、异地扶贫、改善生态环境三位一体的全省三大扶贫工程之一。为了认真搞好以扶贫为宗旨、以改善生产生活条件为基础、以实现贫困群众脱贫致富为目标的异地扶贫工程，坚持可持续发展，充分考虑人口增长，贫困群众稳定实现脱贫致富和社会经济长期发展，海西州政府在以后的脱贫工作中，本着急移民群众所急、想移民群众所想、解移民群众所难的原则履行自己的责任和历史使命，并不断取得成绩。

甘书记来到香日德农场以后，分到了15.2亩土地。另外，自己的哥哥和弟弟和他一起移民到了香日德，但他们还在外面做生意没办法回来，他们两家的地他也要帮着种，加起来甘书记一家人一年要种80亩地。第一年种地，来自乐都脑山地区的村民都不

严金海副省长调研扶贫工作

会浇水，一个乐都老乡就坐在坝上哭。种植观念有区别，自己的技术跟不上，有劲儿使不上，这对大家的打击也很大。经过一年的锻炼，大家渐渐熟悉了香日德的种植方式，后来调侃自己现在是现代化的模式。第一年，甘书记种了18亩菜籽，收了67袋菜籽，一袋100斤，一斤1.3元，光菜籽的收入就达到8000多元。加上青稞、土豆等，一年的收入达到了3万多元。一家人看着那么多钱，兴奋得几天都没睡着觉。甘书记说："那时候，秋收已经结束，大家都赋闲在家，但是我和大家一样，恨不得这个冬天明天就过去，马上春耕。"那身体里窜上窜下的劲儿，那一股子很久都没有过的冲劲儿，让所有的人都变了一个模样，就好像有使不完的力气一样。最让甘书记想不通的是，自己老家种的土豆产量也算是好的，但一亩也没有挖过六七十袋。这里的粮食产量高，日照时间长，粮食的质量也是没得说。从那一年开始，甘书记心里的希望变成了现实，他知道，移民移对了。

香日德的土地一马平川，都是机械化耕种，春天的时候，有犁地机、种地机在田间忙忙碌碌，秋天的时候有收割机来来回回收庄稼，从种到收全是机械化的操作，这在乐都的山地里是不可能实现的。

除了种地，庄户人家就是喂猪养牲口。老家种地养牲口，牲口的草料解决不了，想喂猪，没啥可喂。在香日德，随便喂，粮食质量不好的都喂猪，不好的土豆也喂猪了。过年的时候，家家户户宰两三头猪，有吃不完的肉。有的农户家把肉腌了，一整年都有肉吃，这在老家是想都不敢想的事情。

除了自己的生活质量有了很大的改善之外，用甘书记的话说："这十几年，政府在移民扶贫工作中也没有闲着，投入大量的资金改善基础设施建设。刚上来的时候全部都是沙土路，第二年有了公共接水地，过了两年，家家户户拉了自来水。2002年移民到香日德，2003年孩子们就有学上。上来的时候盖了两间土坯房，2003年通了电以后，盖了9间土木结构的房子。2011年，危房改造，国家补助1.8万元，又把土木结构的房子拆了，买了松木，盖了5间砖木结构的房子。2016年，高原美丽乡村建设补助5600元，自己又盖了6间，现在我家的院子有11间房子，全部封闭，这在城市里，该叫别墅了吧？如果我在老家，十几年修盖三次房屋，都是不可能的事情。政府补助的力度越来越大，我们村子的设施越来越完善，我们住得越来越舒坦。"据了解，像甘书记家这样的条件，村里大多数人家已经达到或者超过了这个水平。

香巴异地扶贫开发项目开始实施以后，政府通过放水闸改建工程、水利灌溉工程、林草工程、供电工程、供水工程、乡间道路工程、社区建设等多个方面进行投资，投资力度达到4.36亿元，工程浩大。而且为了改变移民村民的生产生活条件，这个数字一直在增加之中。多年以后回头再看，这场轰轰烈烈的移民工程给海西、海东带来的收益是不可估量的。

在海西生活，还有一个比较好的优势，就是农闲的时候可以在自己家附近打工，移民过来的村民都比较勤劳，掌握的手艺多，不管什么活只要能挣钱就去做。这几年，海西对新农村建设的投资力度很大，而23个新农村建设的大工、小工、钢筋工全部来自移民村民。而政府配套的培训投资力度也很大，甚至把培训班搬到了村里，让很多年轻人都一技在手。甘书记介绍，村里的村民李继玉学会挖掘机技术以后，到西藏开挖掘机，一个月的工资近1万。甘书记弟弟的两个儿子考上大学以后，把地交给他打理。弟弟会木工、电焊，弟媳刷墙，两个人除去所有的开支，一个月能存1万多元，这都是掌握技术的好处。现在村里的很多村民农闲的时候便出去打工，打工成了家庭的重要收入。主管扶贫的冶镇长说："香日德镇移民过来的8个村来自海东各县，他们生活的积极性要比原来的村民高，相比而言，他们现在的居住条件要好于原来的村民，而且，技能打工也带动了原村民打工。"

生活质量上去了，村民们的意识也提升了，解决了温饱问题以后，大家都想着怎么挣钱，怎样把自己的思想也提升上去，怎样把生活过得更好。村民李大爷说："现在的村子不像刚上来的那会儿，以前村子比较乱，垃圾乱倒现象严重。现在村子整整齐齐，大家也变得自觉起来，就是开着电动车也要把垃圾倒到垃圾收集点。"虽然这是一件小事，但这是村民意识里的自觉行为，是一个大改变。

香乐村建档立卡的贫困户有 14 户，一户因残致贫，一户因灾致贫，其他 12 户全部都是因病致贫。到 2018 年 10 月，这些贫困户已经全部脱贫，在政府的全力扶持下，他们的生活得到了保障和改善。

贫穷是所有移民村民心中的梗，也是他们自小到大烙在心里的印，那些被残酷现实撕裂的疼痛，被饥饿摧残后受伤的自尊，让他们不堪回首。现在，他们理直气壮告诉世人，烙印已经抚平，过去的一切从此一去不复返。

我脱贫了，
还是光荣户

　　格尔木是蒙古语译音，意为"河流密集的地方"。它是青海连接西藏、新疆、甘肃的战略要塞和中国西部的交通枢纽。全部辖区由柴达木盆地和唐古拉山区两块互不相连的地域组成。柴达木盆地是市区的主体部分，位于柴达木盆地西南部，南依可可西里自然保护区，东与都兰县接壤，北部是大柴旦和茫崖行政区，西与新疆维吾尔自治区巴音郭楞蒙古自治州的若羌县交界。格尔木作为城市的历史虽然短暂，但格尔木市所辖广阔地区是中国西部历史上少数民族更替游牧的地区之一。数千年来，这一带屡经民族递嬗演变，留下了各个民族别具特色的文化遗产。唐代著名诗人李贺以"天含青海道，城头月千里"生动地再现了这片地域的沧桑与繁华。如今，这里有驰名中外的察尔汗盐湖，有载入史册的万丈盐桥，有名扬四海的巍巍昆仑，还有家喻户晓的瀚海日出等等，很多人对这个地方充满了向往。

　　湟中县昇平乡下野牛沟村，在湟中县比较偏远的山区。由于山架大，常年干旱，是个靠天吃饭的地方。那里种的庄稼只能靠牲口驮回来，生活的艰难可想而知。改革开放以后，村民们通过各种渠道看到了祖国大地上生产生活发生的翻天覆地的变化，大家的思想也跟着活络起来，很多村民只要有出路，便想办法离开野牛沟村，王俊林的姐夫便是其中一位。

1989年，王俊林的姐夫写来一封信，信中告诉王俊林，他们村子里有一户人家要搬到格尔木市里去住，村子里的房子往外卖。三间木头北房、两间西房、一个院子，没得说。比起老家的土坯房，可是天上地下的区别，希望他能考虑到格尔木来。王俊林知道，这两年姐姐一家搬到格尔木以后，生活条件比以前好了很多，遇上王俊林家没粮食吃的时候，姐姐一家总是会想办法救济一些。这次，姐夫写信给他，说明这是一件很好的事情，王俊林毫不犹豫地借了6000元钱，把房子买了下来，以投亲靠友的方式移民到了格尔木郭勒木德镇中村。

王俊林有一个女儿，4岁时得了风湿性关节炎。王俊林清楚格尔木的气候，女儿的病在寒冷的气候条件下会越来越严重，所以他打算把女儿的病看得好一些了再去格尔木。但格尔木的地也不能荒了，于是，王俊林让自己的弟弟先上去种地，自己和媳妇则留在湟中继续给女儿看病。

转眼间到了1993年。时间过了三年，弟弟在格尔木种地也种了三年。弟弟年轻，比较贪玩，别的村民一年可以打80袋粮食，弟弟种的地不但产量低，而且换来的钱全部花完了。正好，女儿的病也好转了不少，王俊林便举家搬到了格尔木。

王俊林来格尔木的时候离过年还有十几天时间，他身上只剩下 70 元钱，口袋比脸干净。刚来几天，村里的变压器坏了，没有电，村里组织修变压器每家需要出资 70 元，交完钱连过年的钱都没有了。正发愁如何过年的时候，有一个亲戚让他帮忙宰猪，两头大白猪，养得又肥又壮，忙完宰猪的事情，他开口借了一只猪腿算是凑凑合合过了一个年。

开春后，王俊林在自己的 10 亩地里种了麦子和菜籽。看着种在地里的种子发了芽，一天天壮大，王俊林不敢有闪失，他不用除草剂，自己和媳妇两个人天天到地里人工除草。他觉得老家的地他没少操心，但是那个地方靠天吃饭，到了秋收的时候还是不尽人意。这里是格尔木，是戈壁滩，如果操心不好，收成一样不好。王俊林有些急切和焦躁，对他来说，家里所有的指望都在这 10 亩地里，如果操心不好，自己不知道明年还要怎么过。

功夫不负有心人，当年秋收的时候，一亩地麦子有 900 斤的产量，菜籽有 300 斤的产量，留下够吃的粮食后当年卖了 2000 多元钱，这让王俊林两口子高兴得眼泪哗哗地流。种了一辈子庄稼，还没有在庄稼上挣到过钱。而这一年，他挣了很多钱，可以还账，可以让自己的一双儿女生活过得好一些，还可以给女儿看病。有钱了，所有他发愁的事情好像都可以迎刃而解了。

第二年，王俊林熟悉了周围的环境，也熟悉了格尔木这个地方。除了种地，农闲的时候，王俊林便找活干。经村里人介绍，到环卫处装垃圾。一车垃圾两个人装，给 5 元钱，一个月有 150 元的收入。在环卫处工作了 7 年后王俊林失业了，虽然环卫处的

王俊林给鸡喂食

工资不高，但也是一笔收入，如果光靠着 10 亩土地，一定不能改变家里的状况。但他相信，格尔木这个地方，只要人勤快，就有钱挣，日子就能一天比一天好。

就在多方托人找活干的时候，他得知以前的老乡开垦了 10 亩土地。听到这个消息的王俊林打起了自己的小算盘，他决定欠上10 亩地，来年卖粮的收入一定会翻番，家里的情况就会更好一些。自己打算好了，也找老乡谈好了，地也看好了。而就在那个冬天，女儿的病又犯了，自己又在干活的时候把眼睛戳掉了。媳妇带着女儿到青海藏医院泡药浴，自己在格尔木二十二医院动手术，最终没有挽救回来，一只眼睛因意外失明，而另外一只眼睛转成外伤性白内障，如果不做手术，也会失明。那一年是王俊林来到格尔木最绝望的一年，眼看着日子好起来了，但是天不尽人意，如果自己失明了，两个孩子怎么办，把所有的事交给媳妇一个人，一个女人又能承担多少？那一年冬天，女儿在青海藏医院做治疗，王俊林在西宁市第一人民医院做手术，一家人彼此担心却不能相见。唯一让人欣慰的是，女儿的病情有所缓解，他的眼睛也治好了。

次年，由于缺钱，王俊林从老乡那里欠了 5 亩地，种了 15 亩地。当年收入增加了 3000 元，王俊林终于还完了账。这样的生活一直持续到了 2007 年。那一年，王俊林给自己的儿子娶了媳妇，他又欠了 3 万元钱，只好到碱厂去打扫卫生。刚把账还完，眼看着一家人团团圆圆，生活有模有样，儿媳妇却撇下一岁的孙女跑了。生活给王俊林的打击是惨痛的，一边是因风湿性关节炎导致残疾、生活仅能自理的还没有出嫁的 30 多岁的女儿，一边是单身带着一个女儿的儿子，王俊林两口子有再大的本事，改变不了的现实让他一度崩溃。

2015 年，王俊林一家被定为格尔木郭勒木德镇中村建档立卡贫困户。2016 年，王俊林的媳妇被聘为护林员，一个月工资 3000 元。为了改善王俊林一家的生活状况，帮扶单位帮扶了枸杞苗，又给他们家建了一个 50 平方米的彩钢鸡舍，从鸡场买了已经喂养了 4 个月的 120 只鸡，并和鸡场商量，120 只鸡每天所产的鸡蛋，按每斤 6 元返给鸡场。

王俊林骨子里有一股不服输的劲儿，但一直苦于没有资金。现在扶贫帮扶让他的生活有了指望，他一定不会坐以待毙。他用媳妇护林员的工资又凑了一些钱买了一辆电动车，自己到小区门口卖鸡蛋，一年收入达到 1 万元。现在卖鸡蛋一天的收入最好的时候有 120 元，除去所有的成本和其他费用，一年的收入也是比较可观的。全家低保年收入 14400 元，护林员收入 36000 元，儿子打工收入 30000 元，5 口之家的年收入就达到了 10 万元。不但脱了贫，还成了致富能手。

格尔木郭勒木德镇中村是 1985 年成立的行政村，居住着汉族、回族、蒙古族、藏族等多个民族，现有住户 671 户 2450 人，也是一个大村。通过创新扶贫方法、打造扶贫渠道多元化、勤劳致富带动脱贫等一些举措，推进整村脱贫工作取得一定成效。到 2018 年 7 月，27 户建档立卡扶贫户 27 户 74 人年内人均可支配收入达到 19476 元。全部村民参加城乡居民基本医疗保险，义务教育阶段学生全部在校就读。贫困发生率为零。

政府的扶持使王俊林走出了困境，也让王俊林看到了希望。尽管前面还有很多困难在迎接他，尽管他的一只眼睛失明，女儿肢体三级残疾，但我相信，经过了这么多事情之后，面对困难他会迎难而上，也为其他因病、因残而导致贫困的人做了一个榜样！

赵军是格尔木市扶贫开发局的副局长，在带我去采访的路上，他详细介绍了格尔木扶贫的情况，贫困户、致贫原因以及如何脱贫，他的心里一本账。他说："经过几年的努力，格尔木已经实现了全部脱贫，没有一个贫困户掉队。"在和他的谈话中，让我感触更深的是那些奋战在一线的扶贫干部们。赵军说："忙的时候很多干部连家都顾不上，有的干部孩子很小，他们就把孩子送到父母亲家里，父母亲不在格尔木的就寄放在自己的亲戚或朋友家里，全力以赴搞脱贫攻坚。有的干部吃住都在办公室，几天回不了家，加次班就是凌晨一两点，没有怨言，就为了让老百姓脱贫过上好日子。"

他们就像
我的父母、我的儿女

很小就和父母住在诺木洪的马友花今年 52 岁，1990 年迁到格尔木郭勒木德镇中村。她虽生在西宁，但在她心里，格尔木才是她的家。

刚来格尔木的时候，马友花一家三口带着自己的母亲。所有的一切都要重新开始，因此家里的生活很困难。但是再困难，生活也得过下去。1991 年，马友花怀孕，家里又添了一个小儿子，有丈夫、儿子，还有自己的母亲陪伴在身边，生活再苦也能过得下去，马友花觉得自己是幸福的。

马友花一家有 5 亩地，其中有两亩能打粮食，其他 3 亩地里翻浆无法种植。种的庄稼少，农闲的时候她便和丈夫到格尔木打一些零散工补贴家用。眼看着两个孩子越来越大，生活上的开支也越来越大，为了让一家人过得好一些，1998 年，丈夫又开垦了 7 亩地。产的粮食多了，马友花就有想法了，在外面打零工终究不是事，如果自己能做点儿小本生意，或许会更好一些，家里用起钱来也容易一些。想着那些在外面摆摊卖酿皮的阿娘们，马友花的心就豁然开朗了，对呀，家里有多余的粮食，出的本钱又不多，酿皮自己也会做，是最合适她的小本生意。想得来就做得来，马友花把自家产的粮食磨成面粉，做成酿皮拿到旅游景点去买。

有了自己的小生意，马友花的干劲儿越来越足。每天都有进账，想用钱也不用等到发工资，母亲帮自己照看孩子也免除了她的后顾之忧，丈夫也大力支持他，每天还帮她去摆摊。钱活套了，人又勤快，生活便有了起色。然而这样的生活还没过几年，家里便出现了大变故。

2002 年暑假，几个娃娃在河里抓鸭子，没有下河的一个小孩子看得起劲儿，在大家不注意的空当儿也跑到河里抓鸭子。孩子看不见，马友花 17 岁的儿子便下河救人，孩子没有救上来，她的儿子也淹死了。大儿子的离世，让马友花两口子悲痛不已，同时心里也种下了一颗悲剧的种子。

在村委会的提醒下，马友花办了独生证，到民政局领了3000元。从那以后，马友花两口子把对大儿子的思念和愧疚全部都放到了小儿子身上。一家人对小儿子过分宠爱，使得小儿子的性子越来越为所欲为。这可急坏了两口子，孩子正是叛逆期，格尔木可是一个大染缸，跟着好孩子自然没有问题，如果跟着不好的孩子，后果不堪设想。丈夫越看越急，只要看不见儿子就四处寻找，却从来不打骂儿子。

2008年的一天，丈夫说了两句没有及时回来的儿子，儿子便有点儿接受不了，他从马友花钱包里掏了50元钱就出去了。谁也没想到儿子打车到兽药店买了一瓶兽药喝了下去，然后又打车回到了家。没有抢救回来的儿子彻底离开了马友花，离开了这个家。

两个孩子的离世对马友花和丈夫的打击是巨大的，马友花心里难过，自己大冬天跑出去卖酿皮，为的就是让孩子过好日子。大儿子为了救人去世可以理解，但是小儿子轻生的举动让她真的有点儿接受不了。现在儿子没有了，按照青海人的说法，给自己养老的人都没有了，活着还有什么意思？但是还有老母亲在，还有丈夫在，她不能不管他们，不能让自己垮下来，如果自己垮了，这个家也就垮了。小儿子去世后，民政局每年给600元钱，但是，儿子没有了，丈夫从此变得颓废，根本不管不顾这个家，没有心思种地，也没有心思打零工，每天浑浑噩噩过日子，本来已经好转的家，再次成为贫困户。

2009 年，马友花的丈夫因为受不了白发人送黑发人的残酷事实，精神崩溃，吃了毒药自杀。马友花彻底绝望了，她觉得自己再也没有活下去的理由了，她想跟着丈夫、跟着自己的两个儿子一起死，一了百了，但是，她不能死，自己的老母亲还在世，如果自己死了，老母亲怎么办？她只能选择活着。

2009 年，村委会根据马友花的家庭情况，把她选为低保户，一个月补助 108 元。此时的马友花已经没有心思做小生意了，她能够顾好自己家的庄稼地就很不错了。108 元对这个家来说，对她和她母亲来说，是雪中的炭，是寒冷中的火光，是她们娘俩生活的指望。不仅如此，村里还时常派人安慰她，让她有了生存下去的信心。

2012 年，马友花的母亲"归真"。生老病死是自然规律，母亲安详离去，她自然能接受，加上村里人经常关心她，她渐渐走出了阴影。虽然生活不是很如意，但也能过日子，也能吃饱饭。

马友花刚到格尔木的时候，盖了 4 间土坯房，格尔木这个地方，风很大，经过 20 多年，房子已经起了裂缝破败不堪，春秋天外面起风、刮沙尘暴，屋子里便尘土飞扬；夏天的时候，外面下大雨，家里就下小雨；冬天的时候，即便煨了炕，生了火，还是冷。2014 年，政府支援马友花 7.1 万翻盖新房，7.1 万对马友花来说就是天文数字。自己就是一个平民老百姓，自己也没有给格尔木做过大贡献，现在，政府却要给她拿钱盖房子，她心里一股暖意油然而生。来格尔木已经有 24 年了，自己一直很努力，但没有生存技能，没有本事，只能靠着种田和小本生意维持生计，生活过得捉襟见肘。从盖了4间土坯房以后，从来没想过要盖新房，也没有钱盖房子，现在这么大的事情政府帮着做了，她觉得心里有愧。

房子盖好了，比之前规划的多盖了两间。房子盖出来以后室内的粉刷没有做，她计划着自己的身体好一些了继续卖酿皮，挣点儿钱，把墙粉刷了。

2015年，驻村干部来了，详细介绍了马友花的情况。经过大家评定，马友花被定为建档立卡贫困户。2016年，马友花被聘为护林员，每个月有3000元的工资。格尔木气象局是马友花的联点帮扶单位，气象局的领导听了驻村干部和第一书记的详细汇报以后，到马友花家慰问，看到家里的房子还没有粉刷，便出资粉刷了房子，并给马友花送了慰问金1200元，又买了1100株枸杞苗，让马友花种枸杞致富。虽然马友花种的枸杞因为地里翻浆没有活，但一波又一波的关怀和慰问已经逐渐抚平了她那颗受伤的心。

2017年，马友花的生活逐渐好了起来，因为有护林员的工作，马友花停了自己的小生意，每天把政府交给她的工作做好。大家对她的关心也一如既往，每逢过节，都要给她送来米、面、油，除了这些，还送一些肉食，比如羊腿、牛肉、鸡等等。端午节的时候，气象局的青年干部提前打电话征求她的意见，想着缺啥买啥，比较实惠，看她想要个啥，给她买过去。因为长时间的接触，马友花早就和他们相处得和自家人一样，她随口说自己缺一个烤馍馍的电饼铛，没成想气象局干部来看她的时候，真的就买了一个电饼铛过来。2018年，扶贫干部到马友花家四五次，次次都拿好吃的，为了让她换口味吃，这次拿活鸡，下次拿烤鸡；这次拿牛肉，下次就改拿羊腿；国庆节的时候，还给她送来一台冰箱放在了屋子里。

格尔木郭勒木德镇中村建档立卡贫困户27户74人。其中，因残致贫11户，因病致贫10户，无劳力致贫4户，缺资金致贫两户。经过联点帮扶单位和政府的共同努力，截至2018年，全部实现脱贫。现在的中村，村民收入稳定，生活条件相对良好，村基本公共服务设施得到全面改善，村道路硬化34.4公里，实现了全覆盖。部分主干道铺设了沥青路面，建成文化活动广场一处、文化活动室两个，健身器材齐全，生产生活用电全覆盖，村级卫生室、综合办公服务中心达到标准。人畜饮水、农田灌溉水渠全面升级改造完成，村民居住条件、经济水平得到明显提升，村内环境卫生及村容村貌显著改善，村民幸福指数明显提高。

马友花经历了坎坷的过去，又在政府的关心下有了活下去的信心。政府的扶贫不仅让她有了生活的勇气，更让她感到了生活的美好。重新振作起来的马友花感慨地说："上到政府的一些领导、帮扶单位的领导、第一书记、帮扶单位干部、驻村干部，下到村委会干部、村里的乡亲们，他们都很关心我，如果我的阿大阿妈在世，也不会这么热心地来看我；如果我的儿子在世，有了自己的家也不会这么关心我，他们更像是我的父母、我的儿女，一听说他们要来，我就觉得是我的亲人来了，是我的儿女来看我了。特别是我们村的第一书记，他能看到我的困难，知道我心里想什么，照顾我就像照顾自己家人一样。"

我现在过得这么好，
都是大家帮扶的结果

　　走进格尔木郭勒木德镇西村孙珍贤的家，4间正北的平房，外墙是白底花纹的瓷砖装饰，铝合金的窗户显得朴素大方。院子里收拾得非常干净，花园里的各色花儿竞相绽放，看了让人心情舒畅。走进屋子，中间两个柜子，典型的河湟农家的摆放样式，一看就知道是从青海东部地区移民来的。靠右手是一间客厅，客厅里摆放着65英寸的海尔牌液晶大电视，白色的瓷砖、白色的墙面，带着贵妃床的大沙发在宽敞的客厅显得有点儿小，沙发上铺着浅色的垫子，整个房子看着既干净又漂亮。家里冰箱、洗衣机、煤气灶、太阳能热水器样样都有，一点儿也看不出一个贫困户的家。

2000 年，孙珍贤两口子以投亲靠友的方式从湟中县来到了格尔木郭勒木德镇西村。孙珍贤两口子带着两个女儿、一个儿子，最大的孩子 7 岁，最小的 1 岁，住在姐姐的两间土坯房里。

刚上来的时候，格尔木的生活也并非尽如人意，自己要照看 3 个孩子，丈夫到工地上当小工，一个人的收入要供一家 5 口人吃饭，生活的不容易让这个家举步维艰。为了省钱，吃的是最便宜的陈面，买的是菜市场收摊时的残次品，一个月吃不上几顿肉，尽管这样，只要一家人在一起，孙珍贤觉得是幸福的。就这么在格尔木生活了 3 年，自己存了一点儿钱，又贷了一点儿款，盖了 4 间土坯房，一家人算是有了一个自己的家。过了几年，孩子们都长大了，大的孩子可以照顾小的，孙珍贤自己也会找一些零工补贴家用。

日子一晃就是七八年，为了让家里的收入高一些，老公到一家矿业公司去扫铁粉，一干就是 3 年。第 4 年的时候，老公出现不断咳嗽的状况，身体也越来越差，后来连一般的重活都干不了。到附近的诊所看了一下，医生说："肺部有些感染，开了一些药，让他回家休息。"没办法扫铁粉了，只能闲在家里。但老公打工的收入是家里的主要收入，孩子们都在上学，开支也很大，为了改善生活状况，2011 年，孙珍贤凑钱买了一辆微型面包车往河西农场拉人，一个人 10 元钱，一天也能挣个六七十元。但是，老公的病越来越严重，一天到晚不停地咳嗽，脸色越来越青，到格尔木医院检查，医生诊断为肺心病，因为病情严重，只能到西宁治疗。

在西宁治疗了一段时间，老公的病情有了很大的缓解，但医生说这个病不能根治，不能干重活，只能在家里养着。从此，孙珍贤和老公开始了漫长而又煎熬的治病养病之路。到后来，夏天用氧气维持生命，冬天到医院里过冬，看一次病就要花去近1万元，几年下来，不但花完了家里所有的积蓄，而且还在外面欠了5万多元，加上孩子们都在上学，孙珍贤的生活雪上加霜。

在采访孙珍贤的过程中，她一直恍恍惚惚说不清楚，问她丈夫什么时候去世的，她说不知道；问她丈夫什么时候得的病，她也说不知道，躲躲闪闪总是不配合我们的采访，只有和第一书记讲话时，她才能够说出实情。她是经历过艰难岁月的人，很难想象那些痛苦的日子她是如何度过的。

2015年，孙珍贤被定为建档立卡贫困户，也是帮扶单位最好最多的一户贫困户，市发改委、市场监管局、宝玉石公司、自来水公司、93951部队都是她的联点帮扶单位，几家帮扶单位第一次到她家的时候，看到的是4间已被风雨摧残得不能再破旧的房子，经过鉴定，是漏风漏雨的危房。为了她和几个孩子有一个安全亮堂的住所，4家帮扶单位经过协商，共同出资7.5万给她盖了4间115平方米砖混结构的房子。

有了亮堂的房子，没有生活的来源也不行。经过第一书记等人的努力，她被聘为护林员，一个月工资3000元。政府又把她大女儿安排到昆仑山矿泉水厂工作，一个月工资5780元。小女儿在开发区的一家企业上班，一个月工资4000元。最小的儿子上完职校也上班了，一个月能拿5000元。低保一个月656元，一年有十几万的收入。加上生活补贴每年2000元、烤火费每年800元，物价补贴每年也有一些。孙珍贤说："有时候我都不敢相信这一切是真的，我不敢相信有一天我也能按月拿工资，还有烤火费，我像那些上班的人一样，可以想想怎么提高我的生活质量，怎么让我的儿女们过得更好，而这些，以前我想都不敢想，只想着孩子们不要生病，一家人能够畅畅快快地吃一顿想吃的饭。"

2017年，孙珍贤腿疼得受不了，最后就连一般的家务活都干不了，到医院去检查，医生诊断得了股骨头坏死病，到青海省交通医院做手术，花了36000元，基本全部报销。

格尔木郭勒木德镇西村有359户1361人，大多数都是2000年从湟中、湟源、乐都等地移民过来的。2015年，建档立卡贫困户7户22人，2016年得到帮扶，当年全部脱贫。2017年，村人均可支配入达到20386.5元。从全村整体看格尔木郭勒木德镇西村，不管是村集体经济和发展互助资金，还是道路建设、安全饮水、生产生活用电、义务教育、成年人的技能培训、群众用医用药，以及群众的业余文化生活等等方面，都得到了不同程度的帮扶。扶持资金到位、基础设施改造升级、教育零辍学、看病用药方便，村民们的物质生活水平不但得到很大提高，丰富的业余文化生活也亮点频出，精神生活得到更多满足。

孙珍贤说："以前老公得了病报销不了，现在自己得了病全部报销，还在帮扶单位的帮扶下让我不花一分钱就能住上这么好的房子，让我有了工作，我现在只有把政府交给我的护林员工作做好，按时把水浇上，守护好，才能报答政府的恩情。"

孙珍贤是不幸的，也是幸运的，因为她在格尔木，在海西。

不等不靠建棚子，
大把大把挣票子

格尔木河流密布，支流纵横，沼泽众多，蒙古人称其"郭勒木德"。一条条河流，就像一条条哈达，祝福着这个地方，装点着这个地方。

在格尔木生活习惯了的人，对这个地方总有一股莫名的情愫，总是会把这个地方当成自己的家乡，和这个地方融为一体。从乐都县李家乡到格尔木发展的李国善就是其中的一位。

乐都县李家乡地处湟水谷地北侧山地，海拔3000米左右，属于脑山地区。初中毕业的李国善看着自己家乡的村民过着靠天吃饭的生活，总有一些不甘心，他觉得自己是男儿，男儿就应该闯天下，就应该做一些事情，而不是和村里的人一样，守着收成不好的一片黄土地，从生到老死。

1993 年，李国善拿着几百元钱到了格尔木。一望无际的戈壁滩，一座孤立的城，但李国善知道，这可不是一般的城市，它是很重要的交通枢纽，是连通西藏、新疆、甘肃等省区的重要节点。而且，在距今 2700 多年的西周时期，格尔木就有人类从事农业和畜牧业，在这样的城市发展，机会自然很多。

初到格尔木的李国善当过小工，也当过工人，做什么事情从来不投机取巧，努力认真干活，因此，也交了不少朋友。1994 年，他到一家矿业公司上班，从基层员工做起，一步步升到管理层，帮着公司管理车队。李国善踏实，不要心眼，人实诚，虽然只是一个初中生，但爱看、爱学，很受公司老板赏识。

2008 年，李国善受公司指派到格尔木红柳村附近的地方搞管理，为了方便工作，在红柳村租了一个房子住。住在红柳村的李国善好像闻到了家乡的味道，有着一种难以诉说的亲切感。那时的红柳村是一个自然村，村子里的村民都是从东部地区的贫困山区自发移民来的，他们中有湟源人、民和人、互助人，也有他的乐都老乡，没有统一的管理，村民们靠在格尔木市里打工为生，虽然过得比家乡好一些，但也好不到哪里去。

看在眼里、记在心里的李国善把村民聚集到一起，给他们做思想工作："乡亲们，我们都是农民，种了一辈子的地，我们最大的本事就是种地，现在大家还很年轻，可以打工，可以靠力气干活，可这毕竟不是一个长久的生机。虽然周边的好地都被人占了，但我们可以开垦自己的地，这一望无尽的戈壁滩，只要我们有心，自然就会开垦出一大片我们自己的地。你看看，我们村周边的这些地还不是别人开垦出来的，现在这些地产量这么好，也是种地养出来的，我们种了一辈子庄稼，养地还不是信手拈来的事？只要我们有了自己的地，我们就有了长久的保障，才算是真正地在这个地方扎下了根。"李国善的一番话点醒了大家，是的，他们是农民，都是种庄稼出身的，最擅长的就是种庄稼了，有了地才算是有了保障，有了依靠。20户村民每户收了200元钱，平整出1000亩地。有了地，李国善就劝说大家成立合作社，劝大家入股。李国善心里清楚，只有把平整出来的地整合合作经营，才能够让这些地发挥最大的作用，才能在最短的时间内让大家收益。然而，其他村民没有这样的意识，他们觉得地拿出去了，自己不能做主，就不是自己的地了。大家听过以后都不同意，于是，这件事就搁浅了下来。

李国善虽然有了地，但是他更有自己的事业。历经9年，他已经是矿业公司的管理层，老板器重，工资也说得过去，看着大家没有心思成立合作社，他也就将心思花在了自己的工作上。2011年，李国善所在的矿业公司被收购，老板带着他到北京发展。北京是国家的首都，李国善当然也想到北京发展，便毫不犹豫地跟着老板去了北京。

在北京工作了6个月的李国善没有了刚开始的新鲜感，开始理性思考自己的将来，初中毕业，在这样的大城市，自己就是一个没有文化的人，即便再努力，也不见得有一个好的将来。自己是一个庄稼人，对土地的情怀是根深蒂固的，只有种庄稼他才能感受到快乐。况且父母都在青海，如果自己在北京，也照顾不了父母。经过深思熟虑后，李国善果断放弃了北京的工作。原因很简单，他要带着村里的大伙成立合作社。

从北京回来的李国善开始劝说村民成立合作社，用内地合作社的实例告诉村民合作社的好处，大家从一开始的不支持到慢慢了解合作社的好处，到最后商量怎么办合作社，定了股以后，按各自的条件自愿入股，开始了他们艰难的创业之路。

2012年，仁达合作社成立了，没有水也没有电，大家搭着帐篷种了400亩红枸杞。大家心里清楚，红枸杞3年挂果，3年时间，压力一定有，但所有的人都扛住了压力继续干活。

有努力就有付出，大家的付出政府看在眼里。2014年，红柳村由自然村变成了行政村。李国善被选为红柳村村委会党支部书记。格尔木市政府还给村里划拨了3000亩土地。2015年，国土资源厅给红柳村拨了占补平衡项目资金，将3000亩土地进行了平整。

地越来越多，大家的干劲儿也越来越足，到了2015年，已经种了800亩枸杞、100亩玫瑰花，那年，他们赚了不到10万元钱。虽然只有这么一点儿钱，但这是一个开始，一个可以看到未来的开始。2016年，合作社的利润达到了100万。

李国善毕竟是在公司里干了9年的人，每天和老板一起工作，跟着老板一起天南海北走，见了不少世面，也学了不少东西。开会和大家一起商量合作社未来的发展思路，大家的分歧很大，有的人觉得枸杞这两年越来越好，种枸杞稳赚不赔，有的人觉得种地也不错，听着大家你一句我一句争辩，李国善也没有反驳，等大家说完了，他说道："乡亲们，到处都在种枸杞，以后竞争力会越来越强，能不能买上好的价格还不好说。种粮食也挺好，有3000亩土地，我们干啥都能挣钱，我们还可以建温室大棚，种无公害的蔬菜，格尔木多少人啊，一年四季都要吃菜，我们的生意也差不到哪里去。"大家听着很有道理，便全员通过。

说做就做，2016年，他们用赚来的100万和政府扶持的103万开始建大棚，建了7座1.5亩的大棚，种上了西红柿、辣椒、茄子、黄瓜等等，全部用有机肥。李国善觉得做生意种菜就要做到透明，让顾客自己到大棚里摘菜，让顾客眼见为实，顾客放心了，种的菜才有希望推销出去。

李国善的举措得到了认可，开着车来采摘蔬菜的顾客越来越多，回头客也越来越多，合作社的生意红火起来。在种菜的过程中，李国善发现菜叶浪费很厉害，不能利用，便建了两个猪舍，从互助引进了八眉猪，用大棚里浪费的菜叶喂猪，猪的粪便又全部用到菜园子里，形成了一个良性的循环。对于村民反映的大棚浇的水太凉，影响了蔬菜长势这一问题，李国善又有了绝招，他建了一个鱼塘，又养了鸭子，菜叶子、枸杞叶等全部加工成颗粒饲料喂鸭子喂猪，池塘里的水又循环到温室大棚，提高了水温，解决了温室大棚浇的水太凉的问题。

2017年，仁达合作社又建了7座两亩的大棚，种一些更高端的蔬菜，除了顾客自己采、摘、买，剩下的全部对接超市。他们生产的无公害蔬菜好评率越来越高，农业农村部对辣椒、茄子、黄瓜、西红柿、沙葱、百合、西葫芦7个产品的检测全部达标，被评为无公害产品，基地也被市政府评为无公害基地。

长势喜人的蔬菜大棚

大棚一个一个建，无公害的蔬菜供不应求，鸭子也养了，八眉猪也进基地了，带动了本村村民发展，大家的脸上乐开了花。但是，李国善还不知足，他还要带动全镇70户贫困户发展，他们让70户贫困户把他们每人6400元共200万的产业扶贫资金投放到仁达合作社入股。对没有劳动能力的47户，每年分10%的红利，将另外23户有劳动能力的农户每人投入的6400元钱买成一头母猪，由合作社代养，每年给他们两头仔猪。第一次签三年协议，如果这个效果好，可以续签。为了减少养殖风险，仔猪可以跟踪到家，养大了自己可以往外卖，也可以以高于市场零售价回购给合作社。如果要终止合同，母猪可以带回家。这样的合作模式，让大家不但都能轻松赚到钱，而且还可以没有任何风险地赚钱。

在经营仁达合作社的这几年里，李国善感触最深的就是大家的心能够往一处想，大家同吃同住在基地，默契度越来越高。很多时候，大家都喜欢叫他"大头"，而他也用"大头哥"注册了商标，并在基地所有要售出的农产品上加上了"大头哥"的商标。

李国善成功了，他的仁达合作社成功了，仁达合作社的发展闯出了一条适合自己的路子。他们这群从东部贫困山区投奔到格尔木的贫困农民，就这样有了自己的地，有了自己的家，有了自己经营的事业，也有了自己的未来。他们用十几年的时间，改变了自己的命运，用十几年的时间，做到了在家乡几辈子都没有做到的事情。

如今的李国善谈起仁达合作社，感慨万千，他觉得这一路走过来，虽然吃了很多苦，经历了很多困难，也承受了很多压力，但他的创业过程是痛并快乐的，一看到红柳村老百姓脸上的笑容，他觉得一切都是值得的。而他感触最深的就是政府的扶持和鼓励，他们不是政府移民上来的，一个个零散的贫困村民聚集在红柳村，可是政府的关心一点儿也没有少，不但成立了行政村，还划拨了土地，事事想得周全。要成立合作社，要创业，政府便给扶持创业资金，大胆创业。2015 年，政府就温室大棚扶持 103 万，2017 年评为海西州优秀合作社、扶贫攻坚领域优秀合作社，奖励资金 50 万。同年，被评为省级合作社，奖励资金 40 万。玫瑰花种植又扶持了 70 万。一笔笔钱对这么大的一个基地来说并不多，但暖了村民的心，有了政府的扶持和鼓励，他们的干劲儿就更足了。

李国善的脑子每天都会围着基地转，心里也只有基地，他看到格尔木没有休闲的地方，下一步打算投资 300 万，用平整出来的 1200 亩土地建一个可以休闲观光旅游的生态园。为了降低投资的风险，他到青海很多生态园考察学习，把好的模式记下来，等时机成熟就开工建设他们自己的生态园。

走进李国善的仁达合作社，大棚里各种蔬菜长势喜人，池塘里鸭声不断，恍惚觉得这个地方不是戈壁荒漠，俨然江南水乡。李国善说："4 年多来，我和老婆没有回过家，和大伙同吃同住，有默契有干劲儿，还有政府的扶持和奖励。我们和这片土地已经有了情感，这里就是我们的家，即便政府不给我们奖励不给我们扶持我们也要干，我们不能光靠政府。我是一名共产党员，不等不靠建棚子、大把大把挣票子是我带着所有红柳村村民去做的事、想做的事。"

红柳村仁达合作社不但带动红柳村的村民致富，还带动全市 8 个村 68 户 211 人贫困村民脱贫，不但每年以利润的 10% 分红，而且把有劳动能力的贫困村民吸收到基地工作挣钱。老百姓的收入多了，生活好了，自然也把合作社当成了自己的家。看到这些变化，李国善的脸上笑开了花，他对大伙开玩笑说："我们现在也是公家的人，我们吃的是合作社的饭，睡的是合作社的床。"

马海
才是我们的家

距离大柴旦镇94公里的地方，有一个极具民族风情的村子，这便是全省唯一的哈萨克族村——马海村。

马海村的哈萨克族，是一个有故事的民族，那是20世纪二三十年代，新疆哈密等地的哈萨克族因为历史原因流落到了青海省的海西、海南地区。这是一段辛酸的历史，是每一个背井离乡的哈萨克人心中的梗。他们长途跋涉的艰辛我们没有经历过，他们背井离乡的感受我们也无法体会，但是，他们今天的生活，我们看到了。

20世纪30年代，居住在新疆哈密等地的哈萨克族，由于不堪忍受军阀盛世才的残酷迫害，流落至青海的海西、海南地区。1953年，原中共西北局将其中的900名哈萨克族牧民统一安置在了格尔木地区。海西地域辽阔，哈萨克族又是游牧民族，很快就适应了这边的生活。

中国有句古语叫"落叶归根"，当初从新疆离开的青涩少年在海西广袤的草原上已经生活了50年，变成了思乡心切的老人，尽管海西州政府已经给他们进行了安置，他们也有了自己的草场，但是，对家乡的思念越来越浓。于是，在经过大家的一致同意之后，20世纪80年代，他们向政府提出了返疆的要求。

1984年，经过青海省和新疆维吾尔自治区的协调，238户1175名哈萨克族迁往新疆。50多年在青海的生活，使他们早就习惯了青海海西的生产生活方式。比起新疆，那些生在海西的哈萨克牧民对海西的情感更浓更厚重。于是，很多回去的哈萨克族牧民在新疆生活了几年之后，又想念海西，先后有117户518名哈萨克族牧民自发返回了青海，返回了格尔木。

匆忙回疆的决定终究让他们付出了沉重的代价。再次选择回来，只能从头开始，原先的草场已经被分走了，没有了自己的草场，只能借住在蒙古族牧民的草场或到偏远的草原从事游牧业。海西地广人稀，哈萨克族凭着这一有利条件，再次在这片草原上开始了他们的生活。

从此，他们在这片曾经带给他们希望又被他们放弃的土地上，重新开始了生活，这一过就是18年。他们中有些人给蒙古族放牧，有些人买了牛羊跑到很遥远的草原深处放牧。18年，该如何去形容这段沧桑的过去呢，在没有自己的家的生存环境下究竟经历了什么样的酸甜苦辣，只有他们自己知道。但我相信，这18年，坚强的哈萨克族同胞们始终在与这残酷的境遇作斗争，因为他们和海西有着浓得割不断的情缘。

这18年，他们辗转于各个牧场，为自己拮据的生活奔波忙碌。打工、居无定所，犹如被岁月遗忘。生活中饱受苦楚，希望就像那漫漫长夜中一盏微弱的油灯，照亮着他们渺茫而未知的路。而最不能让人接受的是，孩子们也跟着他们过着游牧的生产生活，缺乏了教育。

即便是这样，他们依然阳光、坚强、感恩。虽然他们曾经搬走了，如今回来很多蒙古族都伸出了援助的手，为这些迁徙回来的、饱受苦难的哈萨克族人提供了生存的空间，并结出了友谊之花，这是哈萨克牧民感到欣慰的。两个民族相处的过程中，蒙古族深厚的文化底蕴、较强的经济实力都在不同程度地影响着哈萨克族牧民，他们彼此借鉴优秀文化，吸收各自民族的所长，除了风俗习惯和宗教信仰上的差别之外，他们有着太多的相同之处，因此经常上演互帮互惠的故事。直到今天，哈萨克族依然记得蒙古族朋友那雪中送炭般的温情。

游牧是草原民族传统的生产生活方式，也是哈萨克族一直以来延续的生产生活方式。这种生产生活方式是一种自给自足的生产生活方式，是建立在比较落后的经济基础之上的，主要以满足一家的衣食所需为主，他们只要有肉、粮食、奶茶就能维持日常。现如今的市场经济条件，这样的生产生活方式已经不能满足日益增长的生活需求了，所以，改变是必须的。

　　不同的人生境遇让哈萨克牧民像草原寒风中的一棵棵小草，但是，他们渴望的春天来了，他们渴望的温暖也随之而来。2000年，为了妥善安置返青的哈萨克族群众，国务院专门成立了由国家民委牵头，青海、新疆两省区领导参与的安置领导小组，开始着手安置工作。2002年，政府先后投资2700万元，实施包括定居点建设、水电路设施及教育卫生等内容的安置工程。2002年10月下旬，83户哈萨克族牧民顺利迁至马海湖。至此，哈萨克族牧民告别了流浪漂泊的生活，在马海开始了新的生活。

马海村哈萨克族人家

　　迁徙对哈萨克族来说并不陌生，有的哈萨克牧民自有记忆开始，就一直在迁徙。然而这次，他们既担心又欣慰，他们担心的是搬迁以后又不尽人意，欣慰的是他们可以结束游牧生活，更重要的是他们有了自己的家园，有了自己的草场，再也不会过流浪的生活。

2001年9月6日，为了切实做好返青哈萨克族牧民的安置工作，青海省召开了省长办公会议。会议决定83户374人哈萨克族群众安置在马海。从马海农工商公司的1.5万亩耕地中划出6820亩耕地，从可利用的44万亩草场中划出18万亩分配给哈萨克族牧民。一切工作都在政府的精心组织下有序进行着。住房、卫生所、学校、水利设施建设等民生工程相继完成。

2002年10月，一辆辆军用汽车载着374名哈萨克牧民和他们的家当离开了格尔木。在格尔木生活了18年，对这片土地的情感是真诚而又深厚的。在这里，他们和蒙古族牧民建立了深厚的情感；在这里，他们哭过，奋斗过，爱过，恨过。如今，他们要走了，很多牧民都哭了，他们对这片土地的情感是那么纯，那么深厚，是刻骨铭心的。他们对这片土地的不舍，是情真意切的。

军车浩浩荡荡离开了格尔木，向他们的家园奔赴而去。

搬进新居的哈萨克族牧民看到政府给他们新建的房子，就连煤、面等生活用品都送了过来，内心就像打翻了五味瓶，久久不能平静。虽然那时候村里不通路、不通电，喝水全靠一口枯水井，但是从此以后他们有家了。听着给他们分下来的草场、耕地，每一个人都从内心感激政府。村委会主任说道："搬进来的那一天，我睡在自己家的房子里，半夜是笑醒来的。我们来来回回折腾了半辈子，别说我们的力气，就连我们的精神都折腾得差不多了。如果没有政府的扶持和关心，靠我们自己的能力，我真的不知道我们还要过多久流浪的日子。"

村委会主任道出了他们的心声，也道出了这么多年的艰难和苦涩。如今，他们终于能舒一口气了，接下来，等待他们的就是如何把日子过好，而且要过得更好。

安顿下来的哈萨克族牧民在国家的扶持下生活水平有了很大提高，对生活也充满了希望。马海村是海西州以民族团结大局为重，从全州305个行政村中首先确定的全省新牧区建设试点村。10多年来，自哈萨克族牧民搬进来以后，政府便集中财力物力实施了一系列生产生活基础设施的改造和建设项目。2007年以前，马海村到大柴旦要在搓板路上颠簸3个小时，修了国道215线以后，去大柴旦镇只需要一个小时。焦力保利德还清楚地记得，当时想给新疆的亲戚打电话，只能去90公里外的柴旦镇，班车一天只有一趟，在班车停靠的4个小时里，焦力保利德必须把打电话、买菜等事全部办完，因为来回12元的车票也不是一笔小数目。2009年，马海村依托"党政军企共建"项目，整合近2000万元资金，实施基础建设和民生改造两大类项目，不但让村民们从土坯房搬进了砖混结构的新房，而且院墙改造、取暖、饮水、教育、卫生等问题也得到了很大的改善。家家户户都拉了宽带，现在不但不用到镇上打电话，在家里通过手机视频就可以和新疆的亲人们连线，就像亲人们坐在一起那样真实。同时，村里还有了健身器材、篮球场地和新的会议室。如今，整个村子村容整洁，环境优美，哈萨克牧民的生活有了翻天覆地的变化。修建了光伏电站，新修了17公里村级砂石路，修缮和改造了配套渠道30公里，户户接通了自来水管道。针对村民看病难的问题，2004年开始，马海村实行了新型合作医疗制度，100%的群众参加了合作医疗。

村委会主任阿斯力汗高兴地说："政府为我们每户牧民修建了120平方米的两用暖棚，还从省城请来农业技术人员手把手教我们温室种菜的技术，这是我们哈萨克族群众第一次吃上自家温室里种的蔬菜。2007年，实施3000亩退耕还林还草工程，不仅保护了草原的生态环境，而且我们村民的年收入也增加了。我们村人均纯收入达到1786元。其中大部分来自3000亩退耕还林补助款48万元，人均达1080元，其余的706元来自生产经营活动。"

51岁的马海村原党支部书记焦力保利德回忆起过去，心中多有感触，生在格尔木的他跟着思乡心切的父辈回到了新疆，在新疆生活了3年以后又跟着父辈回到了海西。从他记事起，他接受着一个信息，就是父辈对故土的眷恋。在父辈们心里，新疆，就是他们的家。20世纪80年代，在政府的协调下，他们迁回新疆，在新疆的3年里，不管是焦力保利德还是他的父辈，才深刻地感悟到对海西那片热土的情感已经融入了他们的血液。生活习惯、饮食习惯都已经将他们变成了戈壁瀚海的一分子。尤其是焦力保利德，他生在海西，海西才是他的故土，因此，他的思乡之心要比父辈们浓，就像草原浓得化不开的阴云。于是，很多哈萨克人又自发回到了海西，回到了格尔木，在他们心里，即便没有了草场，他们过着游牧的生活，哪怕给别人放牧，他们也是愿意的。

焦力保利德是哈萨克族牧民在海西生活变迁的见证人之一。他也深深感受到政府对他们的扶持和关心，从没有草场的游牧民族到如今的马海村，为了让他们有一个安居乐业的家园，政府下大力气扶持，态度是如此坚决，尤其在教育方面扶持。在格尔木他们一直过着流浪的生活，68 名 5 岁~14 岁儿童中只有两名入学，其余都没有进过校门。没有受到应有的教育，绝大多数人都不识字。因此，对他们进行基础文化知识和国家相关政策以及各相关法律、法规知识的宣传、教育成了首要任务。除了挨家挨户做动员，耐心进行说服教育，将哈萨克族子女送入学校接受正规教育，还动员柴旦地区干部职工捐款 2.9 万余元作为特困生的学费。如今，74 名哈萨克学生全部享受"两免一补"政策，适龄学童入学率达到 100%。

校长侯军民说："2003 年学校刚刚建立时，很多牧民都不愿意把孩子送到学校，认为学出来也只能放羊。我带着 8 名老师挨家挨户给哈萨克族牧民做思想工作，苦口婆心地为大家宣讲学习的好处。多年的游牧生活让马海村的哈萨克族受教育程度很低，最有文化的也只有小学水平，又常年过着游牧生活，他们意识不到知识带来的改变和好处也是可以理解的。但是，已经有了自己的家园，有了孩子们上学的学校，孩子们就应该有学习的权利。在我们的劝说下，他们把孩子送到了学校，有了马海村的第一批学生。"

2012年，政府出资重新修建了教学楼，新操场、塑胶跑道、职工宿舍也相继修成，孩子们告别了煤炉，搬进了暖气教室。而这之前的教室全是平房，冬天的时候，只能靠烧煤取暖，教室里四处都是煤灰。操场也只是土操场，跑起来尘土飞扬。2017年，学校建成了拥有先进设备的录播教室。如今的马海学校不光硬件设施得到了极大的提升，师资力量也得到了发展，算上色尔克古丽在内一共有15名教师，实行双语教育。

走进马海学校明亮的三层教学楼，只见23岁的色尔克古丽正在电教室里给孩子们上公开课。色尔克古丽是马海村一户普通牧民家的孩子，考上大学到广西念书，读完大学的她本来可以留在内地，留在发达地区生活，但她还是回来了，成了自己母校的一名语文老师。说起回来的原因，她说："家乡的孩子需要知识，因为只有知识才能改变命运。"

"细数这几年从村里出去的大学生，少说也有15个，在国家的帮助下，他们靠着知识改变了命运，相信将来还有更多的孩子考上大学，改变自己的命运，改变自己的家乡。"侯军民校长欣慰地说道。

在马海村驻村干部、第一书记王占辉的眼里，看到的是所有村民的困难和需求，他们增进与村民之间的感情，增强服务群众的本领，挨家挨户走访，查明村民困难的原因及所需，因户施策，帮助村民解决困难，让村民走上致富之路。

村民阿合买提老人无劳动能力，儿子患有肺结核，儿媳妇生孩子时因感冒患上肺结核，住院治疗花费了十几万元，最终还是去世了，给阿合买提老人留下了一个小孙子。得知阿合买提老人家的情况后，王占辉立即联系村干部到他家看望慰问，在医药费的报销方面给予一定的帮扶和捐助。又考虑到老人家中的实际情况，积极联系中航生态农业有限公司等企业对他进行捐助，并将老人的两个儿子安排为草原生态管护员，增加收入。

村民努尔巴特尖的父辈们以前一直以放牧为生，上过学的努尔巴特尖却有自己的想法。2015年，村委会举办了烹饪培训班，努尔巴特尖在参加培训后学会了烹饪，并拿到了证书。有了证书的努尔巴特尖开了一家小餐馆，利用资源做一些当地特色菜和自己本民族的特色菜，赢得了很多顾客的好评。特别是在国道上跑运输的货车司机特别喜欢到他的小餐馆吃饭，把他的小餐馆当成路过必须要去的休憩之地。努尔巴特尖说："如果没有培训就没有一技之长，可能我现在还是个大山里的放牧娃。"

木汗是村里的致富带头人，有一门修车的好手艺，前几年，在政府的支持下，他在215省道边上开了个汽车修理铺。一边修车，一边卖一些烟酒。走进木汗的家，院子里堆满了各种汽车零件，村里车辆的修修补补基本也在他这里。木汗说："加上通过草原生态补偿机制得到的补贴，我一年的收入有10多万元。"

如今，哈萨克族人的思想意识逐步在提高，生活也在不断地改善。牧民们不再单纯地依靠畜牧业来增加收入，收入来源也呈现出多样化趋势，有开饭馆的、开修理铺的、搞养殖的、外出务工的等等。2017年，马海村人均纯收入就已经达到1.1万元。他们的思想也在不断地更新，来适应新时代市场经济的发展。他们大跨步前行的脚步让所有关心他们的人欣慰，他们勤劳致富不畏艰难的精神也让所有关心他们的人佩服。我们实实在在能感受到一个蓬勃发展、充满活力的青藏高原上的哈萨克族村庄。

在村集体经济发展方面，作为村第一书记的王占辉做了不少事。他通过各种渠道引资金、上项目，积极培育村集体经济，积极推行"公司＋基地＋牧户"的产业化经营模式，打造马海绿色有机枸杞品牌；抓住马海地区种植业发展的良好机遇，一次性流转撂荒地246.67公顷，租期15年，租金400万元；又将村里的10间商业铺面对外出租，年收入达3.6万元；根据海西州2018年制定出台的《联企兴村1+1行动方案》，马海村与青海昆源矿业有限公司签订乡村振兴战略参股企业协议书，将政府扶持资金30万元投入到青海昆源矿业作为生产发展资金，3年内，马海村每年获得20%的固定分红。中航农业生态开发有限公司根据大柴旦近年的旅游热潮，出资5万元为马海村在大柴旦翡翠湖景区购置摊位，使村里每年都能在旅游旺季收获租金，为村集体经济发展增添了"造血"能力；努力为村民争取到草原管护职位49个，公益林管护职位12个，封山育林项目18个，解决了一部分劳动能力低下的村民的收入。在王占辉的引导下，马海村开始从传统的畜牧业向现代化种养殖业转型。根据市场导向，村里开始种植苜蓿，在饲草种植的基础上，用合作社的资源和哈萨克牧民养殖技术发展肉牛养殖。2019 年，村里还拟利用乡村振兴专项资金 160 万元修建 1000 平方米肉牛养殖场。"我们还要挤骆驼奶、养草原鸡、加工风干肉……"对于发展生产，村干部们已经有了新的打算，他们说："再过两年你们来看看，马海村会是另外一番景象。"

……

走进青藏高原上的哈萨克民族村，一排排崭新的房屋和一座座玻璃大棚，在阳光下进入我的视线，显得格外气派和耀眼。以前能把脚埋住的沙土路已经变成了干净的水泥路，家家户户门口停放着小轿车、农用车。广场上篮球场、健身器材一应俱全，村民住着宽敞明亮的房屋，享受着国家的优惠政策。

村民努尔哈力深有感触地说："以前骑马去放羊，一日三餐就是抓饭、干馍和泡菜，放羊一次少则一个月，多要三四个月，一天对着草原从太阳升起到太阳落山，一样的风景一看就是几个月。没有电话，没有网络，即便家里有事情，必须要赶到牧场通知。现在条件大不同了，大家都是骑着摩托去放羊，帐篷配备了太阳能电池板、卫星信号接收器，还有电视、炉子、桌子、床一应俱全。我们今天的变化，归功于这个伟大的时代、伟大的祖国，还有为我们着想、为我们谋划将来的政府。"

从 2002 年的 83 户 374 名哈萨克族发展到现在的 131 户 541 人，草场总面积 166 万亩，其中可利用草场 121 万亩。2017 年末，全村总牲畜达 1.02 万头（只），其中绵羊 7000 只、山羊 1400 只、骆驼 500 峰、马 600 匹，牛 600 头，出栏率 51.8%，商品率 50%，不但将传统畜牧业发展了起来，而且认识到了以前传统畜牧业的弊端，发展第二、第三产业。已见雏形的餐饮、汽修、民族特色的手工制作等自主创业产业，不但增加了大家的收入，而且一部分村民还起到了示范带头作用。他们是大柴旦经济社会发展的一个剪影，也是马海村所有村民努力向前，转变生产生活方式和思想观念的见证。正如歌曲里所唱的那样："喜欢你的歌飘在蓝天下，长调像岁月悠悠的情话，一匹黑骏马草原上潇洒，目光追随你开成遍野鲜花……"

海西州2003年的一份文件中这样说：2003年9月13日，海西、海东双方在德令哈市召开的第二次民政联席会议中，确定海西有9.92万贫困人口，大部分来自东部。

9.92万贫困人口，不但要解决水利建设、人畜饮水、电力项目、农村道路建设、草原四配套工程、教育项目、文化项目、卫生项目、技能培训等一系列基础设施建设和公共文化设施建设，还要面对贫困户底子薄、贫困村民自我发展能力有限、贫困村民地位弱势等一系列问题，这不仅需要大量的资金，还需要很多干部全力以赴投身到扶贫事业中。从20世纪70年代开始截至2018年，近50年的不懈努力，海西州解决了9.92万人的脱贫工作，实现了全部脱贫，贫困户的人均收入达到两万元左右，一场轰轰烈烈的扶贫攻坚工作就这样画上了一个圆满的句号。在这次的采访中，我从海西州档案局查到了很多关于移民的资料和文件，近50

年的扶贫过程，这场扶贫战所耗费的财力都是按亿、几十亿来计算的，加上这几十年奋战在扶贫战线上的人力支持，不管是大到国家层面、省级层面，还是小到海西州委州政府，扶贫决心之大是无法用简单的文字就可以说清道明的。海西州也摸索出了一整套适合海西地区的扶贫攻坚措施，并得到了显著的效果。自2015年精准扶贫实施以来，海西州政府出台的政策和投入的资金、人力让我们看到了海西的努力，也让我们再次看到了海西在扶贫攻坚工作中的决心。

2015年，海西州按照国家现行贫困标准，精准识别贫困村119个。其中格尔木市16个，德令哈市20个，都兰县43个，乌兰县15个，天峻县25个。精准识别建档立卡脱贫户1679户4633人。因病、因残1011户2925人，占所有建档立卡人口比例的63.6%；缺劳动力、缺资金452户1149人，占25%；缺土地、缺技术99户240人，占5.2%；自身动力发展不足77户213人，占4.7%；因灾、因学及其他因素致贫26户70人，占1.5%。这些贫困户分布在海西州32.58万平方公里的土地上，存在着面广、线长、程度深、脱贫难的特征。

作为全国集中连片特困地区和全省脱贫攻坚的主战场，面对一个又一个的困难，海西州始终把脱贫攻坚作为全州一切工作的"一号工程"，以立下愚公移山志的决心，以前所未有的力度，以攻坚拔寨的勇气，仅用两年半的时间，闯出了一条因地制宜、精准扶贫、创新发展、率先脱贫的海西州脱贫攻坚特色路子。通过着力强化组织领导、着力强化精准识别、着力强化精准扶贫、着力强化内生动力、着力强化创新扶贫五个"强化"来确保脱贫攻坚，领导到位、力量到位、工作到位，为脱贫攻坚工作扎实有效推进提供了强有力的保障。

青海省省委书记王建军在海西调研精准扶贫工作

2016年以来，海西州共投入各类资金125.41亿元，因地制宜，从实际出发，研究制定了"八个一批"脱贫攻坚行动计划、10个行业扶贫专项方案和推行"老年人养老、残疾人托养、贫困学生教育助学"3个配套办法，全面构建"1+8+10+3"政策保障体系。同时，为进一步做好农村低保与扶贫开发政策的有效衔接，制定、下发了《关于做好农村最低生活保障制度与扶贫开发政策有效衔接的实施意见》《关于进一步做好农村最低生活保障制度与扶贫开发政策有效衔接工作的通知》，进一步从制度、对象、标准、政策、管理五个方面大力推进专项扶贫、行业扶贫、社会扶贫、合力攻坚，着力构建大扶贫、大合作、大投入、大发展的新格局。

大力发展绿色扶贫产业。投入财政专项扶贫资金1967万元，实施3028名贫困人口到户产业；不断发展壮大村集体经济，稳步推进互助资金项目；依托产业基础、资源禀赋，对5个贫困县投入财政专项扶贫资金7000万元，扶持发展产业园，推动扶贫产业集聚发展，辐射带动1679户贫困人口，户均增收1000元以上。就如天峻县将财政专项扶贫资金1500万元与县级配套资金2800万元统筹整合，打造全县扶贫交通物流产业园区，通过"龙头企业＋基地＋贫困户"的方式，引导龙头企业探索出直接参与经营帮扶、用人用工帮扶、订单销售帮扶、创业帮扶、折股分红帮扶、企业救助帮扶的"六轮驱动"产业扶贫模式。

——大力发展特色旅游扶贫产业。投入财政专项扶贫资金3600万元，依托各地丰富的旅游资源，大力发展新型旅游扶贫产业，通过建设自驾游营地、兴办旅游经济实体等方式，给贫困户分红，提供就业机会，增加群众收入。

——大力发展电商扶贫产业。发展以柴达木电商绿洲、青藏牧神和各市县电商产业为平台的电商扶贫产业，实现电商销售3.3亿元。

——持续推进异地扶贫搬迁。按照土地流转经营、产业集约发展、推进城乡一体化进程的思路，通过财政扶贫资金补助、融资平台配套、贫困户少量自筹的方式，对居住在"一方水土养活不了一方人"地区的 1362 户农牧民实施易地搬迁，其中，建档立卡贫困户 545 户，全面完成"十三五"易地扶贫搬迁任务。

——实施"雨露计划"贫困生补助项目。扎实开展贫困大学生、职校学生补助工作，为 278 名贫困大学生及贫困职校学生发放补助金 131.1 万元，进一步减轻了贫困家庭就学经济负担，解决了上学难的问题。

——全面改善群众住房条件。投入财政资金 7000 万元，实施 2800 户农村危房改造项目，进一步改善了群众住房条件。

省、州领导调研视察扶贫工作

——大力深化教育扶贫。全面落实藏区学生 15 年免费教育、贫困家庭大学生和中职学生资助政策，11.7 万人次从中获益；充分利用对口支援和东西协作机制，采取异地办班方式向浙江省输送学生 67 名。扎实推进控辍保学工作，确保适龄儿童义务教育阶段无辍学学生，全州义务教育巩固率达到 94% 以上。

——不断强化健康扶贫。针对因病致贫返贫率较高的实际，全额资助贫困家庭参加城乡居民基本医疗保险，积极开展健康扶贫"三个一批"专项行动，充分发挥贫困人口商业保险补充作用，贫困人口住院费用自费比例实现大幅度下降；同时，积极开展包虫病大病救治，累计筛查 52.26 万人次，贫困患者全部实行免费治疗；落实资金 354.1 万元，实施 212 个标准化村级卫生室改建项目。

——加强基础设施和公共服务建设。以建档立卡贫困村为重点，精确配置各类要素和资源，充分发挥金融扶贫贷款作用，使水、电、路等方面瓶颈制约不断突破。投入资金 24025 万元，在 128 个村建成人饮工程 25 项，解决 13.1 万人口的安全饮水问题；落实贫困村电网改造资金 18933 万元，建设农电线路 201.26 公里，改造低电压村社 69 个，解决 11944 户和 6 个养殖小区的通电问题；投入资金 53254 万元，完成 105 个村通村沥青（水泥）路建设 2252.3 公里；投入资金 3391 万元，实施 139 个村级综合文化服务中心建设项目；落实农村低保补助资金 4664.52 万元，发放救助金 2510.38 万元，临时救助 4531 人次，支出农村医疗救助资金 1420.43 万元，累计救助 6181 人次；对 15106 名城乡重度残疾人发放生活补助 1812.72 万元。

——扎实推进社会扶贫。统筹实施定点扶贫、驻村帮扶、对口援建、企业扶贫"四大社会扶贫"工程。抽调省、州、县三级优秀干部，担任贫困村第一书记和扶贫（驻村）工作队队员，做到派出单位与第一书记责任、项目、资金"三个捆绑"。省、州、县三级427家定点扶贫单位帮扶119个贫困村，投入资金2252.27万元；举办培训班68期，培训1011人次。各级领导及干部走访慰问困难群众5829人次。投入援建项目资金1000万元，实施牛羊养殖、枸杞加工、藜麦种植等项目，惠及两市三县农牧民群众7000余户2.3万余人。与全州各级民营企业与119个贫困村签订帮扶协议，投入资金499万元，解决就业280人，捐款、捐物折资达4016万元。

海西州在脱贫攻坚的实践中证明，"思想贫困"不破除，再

"脱贫保"启动仪式

多的外部帮扶措施都会事倍功半，脱贫目标就不可能实现。因此，海西州坚持物质、精神两手抓，内因外因双驱动，激励约束齐发力，创新内生动力扶贫模式，破解深层难题，赋予脱贫更多的内涵实质，实现真正意义上的脱贫致富。

——积极采取培训会、评议会、现场会等方式，向群众传播先进思想，宣传扶贫政策，讲授科学技术，在全社会开展了"共产党好、总书记好、听党话、跟党走"主题宣传教育活动，在群众中深度开展知恩感恩教育，在全州营造了知恩感恩报恩的浓厚氛围，广大群众特别是困难群众把感恩共产党、感恩总书记、感恩政府转化为依靠自己双手勤劳致富的实际行动。

扶贫宣传工作

"百企联百村，共建社会主义新农村"活动动员大会

——给全州建档立卡的 119 个贫困村每村安排省级互助资金 50 万元。创新建立了互助资金瞄准贫困户、用于贫困户，一次投入、滚动使用、互相帮助、效益提高、持续发展的模式，充分体现了贫困群众"以经济翻身、政治民主"为核心的村民自治要求，激发了贫困群众争先恐后脱贫致富的活力。同时，严格执行全省金融扶贫小额贷款"530"政策，对 776 户授信贫困户发放"530"贷款金额达 2994.1 万元，授信贫困户贷款覆盖率达到 78.8%，落实发放贴息补助资金 198.29 万元，解决了贫困户发展生产资金短缺的问题，调动了群众自主创业、脱贫致富的积极性。

——采取"入会、进社、上链"三项创新举措，激发贫困群众创业增收脱贫致富的活力。涌现出"公司 + 产业园 + 合作社 +

基地＋牧户"的社企联姻"吉仁模式""党支部＋合作社＋基地＋周边群众"的党建促脱贫带周边的"新埔模式"，以及"六统一分管理＋二三产融合发展"的横向联合、股份合作的"玉舟模式"。贫困户通过土地草场资金入股、打工等方式，参与合作社的生产经营。不少贫困户成为"流转土地有租金、入股企社有利金、进园务工有薪金"的"三金"农牧民。

——投入财政专项扶贫资金471.7万元，对2391名贫困劳动力实施了汽车驾驶、酒店管理、民族刺绣等方面的技能培训，转移就业率达到56.3%以上。同时，设置草原生态管护、护林等岗位4338个，月工资在1250元~3000元，从而实现"培训一人、就业一人、全家脱贫"的目标。大力支持贫困大学生回乡开展"青春创业扶贫行动"，注入风险防控资金858万元，贴息资金160万元，贷款3516万元，扶持103名大学生创业就业，增强了自我发展能力。

——通过开展评比表彰全州全省全国脱贫攻坚先进典型、五星级文明户创建活动等，用身边人、身边事示范引领，调动贫困群众脱贫致富的积极性，提高了思想认识，拓展了发展思路，掌握了实用方法，看到了脱贫希望，开辟了脱贫渠道，在全州上下形成了干群齐心战脱贫、携手奔小康的生动局面。

海西州的扶贫攻坚，就像是一场纯粹的、凝重的战斗，它落地的声响一声声回响在戈壁瀚海的上空。那一张张贫困户脸上露出的笑容、枸杞地里红得像珊瑚的果实、收割机的轰鸣声、灌溉农田的"哗哗"声，都是扶贫攻坚工作爆出的礼花。习近平总书记说，唯改革者进，唯创新者强，唯改革创新者胜。在脱贫攻坚的最后时刻，海西州从实际出发，大力推行改革创新，打了一场漂亮的脱贫攻坚仗，使脱贫攻坚创新扶贫走在了全省乃至全国的前列。

黄昏的海西，像是披上了霞帔，一片火红。红色，是激情四溢的颜色，是海西人面对工作和生活的一种炙热情怀。这浓得化不开的情怀之中，海西人挥洒着汗水，快乐并幸福地收获着。

下篇

守护，撑起一条家园的致富之路

在海西，有一群靠放牧为生，世世代代居住在草原的牧民，因为对这片土地的热爱，他们闯出了一条条守护家园的致富之路；也因为爱，他们用生命的壮歌与草原相守相依，他们用自己内心的声音和草原对话。草原也养育了他们赖以生存的牛羊，哺育了一代又一代的牧民子孙。它赋予了每一个守护它的牧民淳朴、善良、开朗、热情的性格，让每一个牧民都有着家园意识和归属感。所有的乡愁，被草原的厚重、沧桑与美好牵绊着。一方水土养一方人，草原有自己的辽阔，也有自己的偏爱。

我要把笑容
还给我的草原

德令哈市蓄集乡伊克拉村是一个纯牧业村，村民们的牧场就在美丽的哈拉湖附近。哈拉湖是祁连山脉拱卫的一滴眼泪，环绕它的是繁花似锦、灿若云霞的草原。牧民永花就在这片草原上长大、结婚、生子。

永花是伊克拉村三社的牧民，29年前，她在父母的祝福下，和二社的一个小伙子结了婚，丈夫家虽然是土坯房，但家里条件比较好，有300多只羊、30多头牦牛，在村里也算是中等水平。结婚那天，永花的母亲对永花说："丫头，你是草原的女儿，草原就是你的家，你要和你的丈夫守护好这片草原，守护好你们的家。"

在永花的心里，自己是幸福的，因为她还在伊克拉，还在美丽的哈拉湖边，从结婚那天开始，她就规划着她和丈夫的将来，心里充满了希望。

好景不长，婚后的永花发现丈夫有酗酒的毛病，而且，随着年龄的增长，丈夫酗酒越来越严重，从开始轻微地耍酒疯到后来的家暴，永花的日子过得一天不如一天。刚开始的时候，永花想，孩子也有了，不管怎么样，这已经是她的家，能过一天算一天，迟早有一天，丈夫会回心转意的。然而，永花想错了，丈夫不但没有收敛，反而变本加厉，到最后变成了暴打，有些时候，她被打得连床都起不来。永花绝望了，为了逃离这样的家庭，她向丈夫提出了离婚。

永花提出离婚的想法以后，丈夫非但没有挽回一下，反而以孩子作为筹码，在财产分割上为难永花。永花知道，丈夫常年酗酒，如果把孩子判给他，她害怕丈夫打孩子。而且，丈夫告诉她："如果你要生活费，可以，儿子我不会给你的，我会把儿子送给别人养，你看着办。"

听着丈夫的话，永花知道，丈夫能做出这样的事情来，而且丈夫还会结婚，她的孩子如果给别人养，她想见也见不到。于是，没有路可走的永花只能放弃财产。她告诉丈夫，她什么都不要了，她只要孩子。

离婚后的永花带着 6 岁的儿子和 3 岁的女儿回到了娘家，和父母住在了一起。丈夫家里有 600 只羊、70 多头牛，还了永花 80 只羊（多给了 30 只）和 15 头牛的陪嫁。回到娘家的永花和两个孩子挤在一间房子里，家没有了，草场也没有了，除了带出来的牛羊，永花什么都没有了。

两个孩子要吃饭，永花也要生活。为了两个孩子，永花开始了漫长又无望的打工生活。永花从小生活在草原，除了会打酥油、放牧，她没有一技之长。况且，她的年龄越来越大，所以，永花找工作的难度也越来越大，只能在牧家乐里洗碗或是当清洁工，每个月的工资只有300元。更让永花发愁的是，牧家乐只有夏天开，她在牧家乐打工也只能在夏天的几个月，到了冬天只能去放牧，没有收入，生活艰难而又苦涩，永花打碎了牙往肚子里咽，艰难地扛过一个又一个的苦难。

2011年，永花的儿子考上了青海民族大学。永花说："儿子考上大学，是我这么多年里最开心的一件事情，像我这样在草原深处放牧为生的人，能培养出一个大学生有多么不容易，我儿子争气，也不枉费我多年辛苦一场。"永花卖掉了家里的30只羊为儿子准备了5000元的学费和生活费。

儿子背着行李走出大山的情景，永花至今都记得，那结实的肩膀好像就要把家里的重担挑起来了一样，那一刻，永花欣慰极了。

但是，永花也有她担心的事情，她一个月的工资只有1000多元，还不是长期的，儿子一个月的生活费需要1000元，女儿在民族中学上学，每个月的生活费需要200元，她的工资远远不够两个孩子的生活需要，何况她自己也要生活。

2013 年，女儿考上了大学，本来是一件让全家人高兴的事情，就因为学费的问题让一家人再次陷入困境。一个家庭要供两个孩子上大学本身就很难，何况对一个没有特长、不识字、只能打零工的没有固定工作的单亲妈妈来说简直就是天文数字。没有钱可借，没有多余的羊可卖，永花已经力不从心。而这一切，儿子都看在眼里。

为了改变妈妈的状况，儿子向学校提出了休学申请，开始了打工的生活，在儿子看来，自己是男儿，是有担当有责任的男子汉，理应承担起家里的这副担子。半年以后，儿子毅然决然地下了退学的决心，他不忍心妈妈这么辛苦，不忍心让一个柔弱的女人用单薄的肩膀撑起这个家庭，也不想看到妈妈打苦工维持生计。

2015 年年底，永花被确定为建档立卡贫困户。2016 年 4 月，经过第一书记的协调，永花的就业问题解决了，在一个奶制品加工厂打工。7 月份，和德令哈市林业局签订合同，被聘为林业局管护员，每个月有 2400 元的工资。

生活有了保障的永花并没有安于现状，在草原、在自己的家乡，她是一个放牧的牧民，虽然自己没有文化，但是从小在这个地方长大，她知道做什么事情可以赚钱，什么事情她能做好。永花用 2016 年省吃俭用存下来的钱买了第一头牛，她把牛奶做成酸奶，拿到小区卖，由于永花做的酸奶口感好，回头客越来越多，酸奶供不应求。

永花看到了希望，也对自己做的事情越来越有信心，她通过政府的扶持贷款和积蓄又买了几头奶牛，在柯鲁柯镇租了一片草场，开始了创业之路。

　　起初，永花的牛每天可以产 30 斤牛奶，夏天天热，牛奶不易长期储存，而且做的酸奶口感没有冬天的好，她就把牛奶做成酥油和曲拉，比起卖酸奶，能卖上更好的价钱，收入要多一些。冬天的时候，就把牛奶做成没有添加剂的纯酸奶，放到各个小区的

陶尔根家园牧民永花

商店里代卖，因为老顾客多，所以很快就卖完了。

　　永花觉得，她现在的生活已经很好了，儿子在德令哈的移动公司打工，女儿毕业后在德都大酒店当会计，一家人一个月的收入加起来也有 1 万多元，生活越来越好，永花也越来越有信心。

好消息一件接着一件。2017 年，政府解决了永花一家的住房问题。71.45 平方米的廉租房，房子里设施一应俱全，永花带着两个孩子直接拎包入住。这是永花没有想到的，她只是一个卑微得可以忽略不计的草原牧民，但是政府能看见她的苦、她的困难，为她解决困难。他们一家人再也不用挤在一间小屋子里，再也不用居无定所，再也不用打零工，再也不用因为没有固定收入而患得患失，入不敷出。

生活越来越好了，永花却有自己的打算，儿子因为家庭困难，退学打工，这是她不能原谅自己的。儿子本来有一个好的前途，可以考公务员，可以不用打工，现在她只能想办法尽最大可能挽回一些。永花想，现在生活好了，政府对她的扶持力度越来越大，她想做自己擅长的事，她想做大，想多买些牛，将衍生产品做好，让老百姓知道自己做的酸奶好，自己做的酥油好，她想慢慢把这件事做大，给儿子一个更好的发展空间。

永花的人生是起伏的、艰辛的，但是她遇到了最好的时代，她住进了亮堂的房子，政府给她的房子配了所有的家电，包括被子都是崭新地摆在床上的。晚上回家，自己可以看电视。买回来的菜和肉可以放到冰箱，再也不怕坏了。衣服脏了有全新的洗衣机。以前靠着牛粪取暖、做饭，现在有了单独做饭的厨房，以前没用过的电灶、抽油烟机全用上了，冬天还有暖气，家里不但暖和，还一点儿都不脏，这样的日子，她做梦都没有想过。离婚 18 年，她没有想到自己还有今天，没有想到自己还能把日子过得更好。她也如愿以偿地又回到了草原，虽然没有自己的草场，但是她租了一片草场，有了自己的牛羊。

永花说："我要把我的笑容还给我的草原。"我知道，那笑容一定很美，就像晚霞映衬下的草原绽放着最美丽的颜色。

一定要把
民族的工艺和文化传播出去

海新是德令哈市蓄集乡浩特茶汉村一名普通的牧民。蓄集乡在距离德令哈40公里的大山里，是一个只有118户蒙古族的纯牧业村。在这片草原，海新度过了一个又一个春夏秋冬。春天时在草原放牧，夏秋冬时还在大山深处的草原放牧，日子过得简单而悠闲。1988年，海新和本村的蒙古族男子相爱结婚，从此开始了属于自己的生活。

海新的婆家一共有9口人，海新嫁过去以后，一起生活了一年就分了家。海新和丈夫分到了1000多亩草场、180只羊、4头牛和4峰骆驼。上过小学的海新有想法，心也灵巧，从分家的那一天起，海新就谋划着怎么把日子过得更好一些。

海新的妈妈会做蒙古族服装，有着一手村里人都夸赞的手艺。海新从小就跟着妈妈学做服装，日久天长耳濡目染，自己也有了一手做蒙古族服装的好手艺。

分了家的海新家底儿薄，创业需要资金，海新拿不出来，而且作为一个世世代代以放牧为生的牧民，固有的传统理念也不允许海新有更大胆的想法和做法。海新只能走一步看一步，但是她内心那颗不安于现状的种子却时刻准备着发芽。

在山里放牧，生活是单调而寂寞的，一家与另外一家的距离有几公里或十几公里远，人与人之间交流少，信息闭塞。地域环境限制了海新的创业欲望，但是，牧闲的时候，她主动给村里的人做民族服装，因为手巧，做工又细，名气越来越大，找她做衣服的人越来越多，甚至附近乡的牧民也找她做衣服。真的是柳暗花明又一村，海新发现这是一条很好的创业之路，她决心走下去。

海新的民族服装生意就这样做了起来，她变得忙碌而充实，况且，这还是她喜欢做的事。因为喜欢，海新自己不断地钻研，不断地创新，在原来传统服饰制作的基础上，她又加入了一些现代元素，样式越来越受牧民喜欢，生意也越来越好，钱也越存越多。

没过几年，海新便花了11万在德令哈市的滨河小区买了一套87平方米的房子，装修完不久便住了进去。海新说："那一天，我开心极了，因为我从大山里搬了出来，从一个普通的牧民变成了城市人。"

是草原文化改变了海新的一生，也是民族工艺带着她走出了大山。海新赶上了新时代，赶上了政府大力支持民族文化和工艺的时代，赶上了生活富裕的时代。不得不说，海新是幸运的。

2012年，海新和弟媳红花在德令哈市开了一家专门做蒙古族服装的小店。那时候，在德令哈市做蒙古族服装的店只有两家，由于海新做的衣服口碑好，生意越做越大，越做越好，除去3万元的房租和日常开销，一年收入能达到3万元。

海新是蒙古族人，骨子里流淌着草原牧人的血液，那悠扬的长调曾经陪着她度过了一年又一年，这些民族情怀已经根深蒂固，深深地影响着她的生产和生活。她甚至觉得，这些影响她一生的厚重的民族文化是比自己生命还要重要的存在，所以，她不仅要挣钱，更重要的是要把本民族的文化传承下去，传播出去，让更多的人知道。

2014年，海新被选为蓄集乡浩特茶汉村妇联主任。海新当官了，在其位谋其职，为了当好妇联主任，为了给更多的妇女和孩子谋福利，海新把所有的热情全部花在了工作上，海新越来越忙，生意也顾不上了，只有弟媳一个人支撑着。

2015年，海新为了把生意的成本降到最低，把服装加工厂搬到了小区的房子里，房租的支出减少了，收入自然也增加了不少。随着时间的推移，海新面对村里的事情也游刃有余了，村里有事她自然是全力以赴，民族服饰的生意也用心经营。更可喜的是，经过几年的锻炼，弟媳制作民族服饰的手艺和独立应对生意的能力也越来越强，让海新轻松了不少。

2018 年，蓄集乡乡政府扶持民族文化事业，在蓄集乡政府所在地批了 200 多平方米的地，让海新把民族服饰做大做强。这是一件好事，也是一件让海新感动了很久的事情，因为她真的能实现自己的梦想，把自己民族的文化传播出去了。海新花了 23 万盖了新的房子，她打算扩大规模，再招几个年轻人，带着他们把民族文化发扬光大。

如今的海新已是年过 50 岁的中年妇女，她告诉我，广袤的草原给了蒙古族生命的力量，戈壁瀚海给了蒙古族宽广的胸怀。她用大半生的时间去了解自己本民族的文化，还有很多很多值得去挖掘的蒙古族民族文化在等着她，因为有了这些，才有了蒙古族厚重而又深沉的文化底蕴，她一定要把民族的工艺、文化传播出去。

德令哈市有一个牧民定居点叫陶尔根家园，这里住着 891 户牧民，全部来自德令哈市辖区内海拔 3700 米 ~4200 米的 31 个行政村。长期以来，由于受传统观念的影响，牧民们习惯逐水草而居，无论严寒的冬天或是清风拂面的夏天，习惯了散落在草原上黑色的牦牛帐篷和成群的牛羊，生活难以改善。如今的陶尔根家园，这些在德令哈市建起的一座座大楼、一套套牧民新居，不但让牧民搬进了永久性楼房居住，而且生活得到了天翻地覆的变化。当我们走进陶尔根家园巴特尔的家，现代化的电器一应俱全，浅蓝色的布艺沙发、红木色的家具，极具特色的蒙古族装修风格。眼前的一切，让你都不相信这个家庭就是从草原深处搬下来的牧民家庭。进门还没有落座，主人家就将酥油奶茶、肉、酸奶等端了上来。我们品尝着牧人家平常生活的味道，深受感触的是勤劳的蒙古族人的热情、淳朴和善良。

现在陶尔根家园的大多数牧民家庭，年轻人在草原放牧，老人和小孩则住在陶尔根家园，一来方便就医，二来方便上学。小区除了水、电、暖等硬件设施配备完善之外，菜铺、超市、饭馆等配套设施也一应俱全。实践证明，牧民定居点项目的实施，不但让牧民对定居的意义有了足够的认识，改善了牧区的生产生活条件，提高了牧民的生活质量，而且改变了单一的畜牧业经济结构，使之成为提高牧民科技文化素质的有效途径，成为牧区由传统经济向市场经济过渡的桥梁。

除了实施牧民定居点项目，政府也通过各种渠道发展牧民们的特色产业。启明夫是德令哈蓄集乡伊克拉村的驻村干部，2015年10月到伊克拉村的时候，村里有87户223人，很多牧户基础条件不好，住的是毛坯房，交通极其不方便，手机没有信号，是一个比较闭塞的以蒙古族为主要民族的纯牧业村。在走访过程中，启明夫发现伊克拉村是建市以来就有的一个村子，村子里牦牛比较多，羊和马次之，村民固定居住，分春秋冬和夏草场，春秋冬在固定居住点放牧，夏季便到比较远的草原放牧，住在蒙古包里。

　　伊克拉村是德令哈市的重点贫困村，距离德令哈市130公里，到伊克拉村的第一天起，启明夫就和村委会的干部们一起商量如何让贫困户脱贫，如何带着大家致富。俗话说，要想致富，必先修路。虽然距离德令哈只有130公里，但由于交通不好，需要四五个小时才能到伊克拉村。遇上下雨下雪，洪水冲断路面的情况时有发生，只能当山大王。为了解决交通问题，启明夫和第一书记与交通局协调，把路修好了，现在从德令哈到伊克拉只需要两个小时。

　　交通问题解决了，驻村干部启明夫就开始为牧民解决通讯问题。通过和移动公司协调，很快就把通讯问题解决了，现在夏季草场和冬季草场全部有了信号，牧民们的手机都可以上网。

　　交通、通讯都解决了，启明夫的眼睛又瞄准了村里的建档立卡贫困户。经过筛选，确定贫困户7户15人。对没有住房的3户解决了住房，对有劳动能力的7人，一人安排在陶尔根家园当保洁员，其他6人被聘为德令哈市的护林员。对没有劳动能力、无法提高自己经济收入的，经过大家研究决定，以产业脱贫来解决他们的生活问题。

　　自从开会研究决定了以后，大家就开始集思广益，他们中有想靠养牛羊发家致富的，但被大伙否决了。因为大家觉得，如果一个牧业村靠养牛养羊脱贫早就脱贫了，伊克拉交通不便，发展畜牧业没有太大的空间。最后还是启明夫有想法，他提议大家开一个木工雕刻厂。在启明看来，在草原上经过千百年沉淀下来的民族文化是一颗不可忽视的璀璨明珠，而木雕就是其中的一项，也是在牧区被牧民认可和常用的工艺。房屋的装修、传统的家具、公共服务设施的装饰等都离不开木雕工艺，而现在很多木雕厂都是电脑设计出图案以后，把图案转化为机床数控，通过机器雕刻出来。

木雕厂的建议经过大家讨论后，认为非常可行，便进入了实际操作阶段。启明夫的建议得到了政府和牧民群众的支持，德令哈政府扶持发展产业资金给了50万元，打算让牧民自筹20万。等工厂建起来投入生产开始盈利以后，启明夫想从每年的利润中拿出6万元给贫困户分红。

对启明夫来说，他并不是木雕行业的专家，他只是一个在机关单位上班的公务员，被派到伊克拉村驻村，目的是帮助牧民脱贫致富。因此，在项目具体实施的过程中，启明夫遇到了很多需要解决的困难。

启明夫想的是如何让大家发家致富，而对每一个牧民来说，他们想的是自己的利益。大家一听说要把6万元分出来给贫困户，很多人都不干了，大家觉得雕刻厂的生意好不好现在谁都不知道，一年能挣多少钱也不知道，挣了钱全部分给贫困户，那他们忙活啥？由于意见分歧很大，最后只留下5个人入股。钱少了，项目进行起来就有难度，但是，入股的牧民都迎难而上，解决困难。

解决厂房问题比较容易，启明夫协调，在德令哈市郊解决了厂房。接下来机器也顺利运到了，安装、调试完以后，就是对机器的使用问题。机床数控雕刻对板材的放置、三维定点都有严格的要求，大家一次一次地试，每雕刻出来一个板子就讨论错在哪里，然后制定下一次雕版的方案。入股的牧民都没有文化，操作起来难度更大，为了把损失减少到最小，启明夫自己先学，等自己学会了再教给牧民。虽然过程艰辛，还雕坏了很多板子，但最终大家克服了一个又一个的技术难题，成功雕刻出了让顾客满意的板子。

伊克拉村的木雕厂是德令哈市的第一家木雕厂，因为凸显出民族特色，工艺达到了顾客的要求，价格也被大众所接受，因此，很快就在市场上占据了一席之地。之前放弃入股的股民看到木雕厂的生意越做越好，又纷纷跑回来入股。大家干劲儿十足，不敢掉以轻心，除了保证质量之外，他们在图案上下功夫，在保留传统民族图案的基础上，加进去一些现代的流行元素，因此，生意越来越红火。

老牧民巴雅尔今年已经 70 岁了，他说："真的羡慕啊，看着年轻人的日子越来越好，我已经 70 岁了，过一天少一天，日子过得舒坦了，就越来越舍不得了。现在我的儿子在伊克拉放牧，我和孙子都住在陶尔根家园，政府给每一家补贴 5 万，我们家这套房子只掏了 8 万多，就是让我们过好日子。以前，我们常年住蒙古包，烧牛粪，虽然我们是马背上的民族，放牧的生活也过惯了，但自从年龄大了以后，对恶劣的自然环境的抵抗能力就越来越低。现在，我们住进了楼房，冬天有暖气，夏天不会遭雨淋，有了对比才发现，以前的日子可真是苦。如今我们牧民的收入一年比一年好，村委会党支部书记说人均收入都上万了，你说这日子能过不好吗？而且，我发现，德令哈真的好，看病方便，孙子上学也方便，买东西也方便。有钱了，做啥都方便。"

　　老人边说边笑，那笑容就像德令哈灿烂的晚霞，他们的日子也像德令哈的晚霞一样红红火火。

特邀著名的羊毛毡毡艺传承人杜晓艳老师
讲述羊毛毡的制作与开发羊毛制品的制作技艺

　　海西州扶贫开发局局长钢夫说："'一年集中攻坚，一年巩固提升'是海西蒙古族藏族自治州委、州政府向省委、省政府和海西州各族人民做出的承诺。为了这个承诺，海西州上下凝心聚力、聚焦发力、精准用力，精准施策、精准推进、精准落地，各项扶贫工作扎实有效，明显加快了贫困村贫困户脱贫致富的步伐。按照发展产业、资产收益、发展教育、医疗保险和救助、生态保护、低保兜底、转移就业、易地搬迁'八个一批'要求，以贫困户的实际和贫困状况'看菜下单'，对有劳动能力的实行生态管护员、保洁员等就业扶贫和扶持产业发展，对无劳动能力的采取低保兜底、资产收益等，因户因人制定帮扶措施。为了这个承诺，海西州各级领导及干部走访慰问困难群众 5829 人次，捐款捐物折资 0.11 亿元，协调落实项目 320 个、资金 1.35 亿元，解决就业 2388 人。"

力所能及
去帮助需要帮助的人

在海西州采访的日子里，才仁其是让我最为感动的人之一。她有着蒙古人的淳朴和热情，有着一个女人的善良和仁慈，更有着一个企业家应有的魄力和坚毅。

才仁其，土生土长的乌兰县蒙古族人。1976 年高中毕业后，有一个培训赤脚医生的学习机会，她便报了名，在医院里培训了半年，由于学习认真，进步很快，培训结束后她便留到了乌兰县医院。才仁其是一个非常好学的人，自从成为一名护士以后，她便开始钻研护理技术，在学习中实践，在实践中学习，业务能力提高很快。没过几年，便成长为一名优秀的护士长。

在医院的日子里，才仁其目睹最多的就是人的生老病死，乌兰县毕竟是一个小县城，医疗水平有限，很多病没有办法治疗。另外，在那个年代，交通闭塞，很多病人从草原深处送到医院就已经危在旦夕，眼睁睁看着很多牧民离开人世，才仁其心里十分难过。她只有努力学习业务，她不是医生，没有看病的本事，但是她会在她的职责范围内尽最大限度减轻病人的痛苦。

才仁其好学，有一天，她突然发现自己对数字很有兴趣，从开始简单的了解变成了以后越来越浓的兴趣，因此，工作之余，才仁其从不浪费时间，看一些财会方面的书籍，沉浸在数字的世界里，才仁其有着一种难以言喻的亢奋，她深深地爱上了会计这个职业。

乌兰县是一个小县城，就如大家所说，你在城东咳嗽一声，城西绝对能听得到。才仁其自学会计的消息不胫而走，被县招待所的领导知道了，经过协调，才仁其被调到县招待所担任会计一职。

才仁其回想起这段经历，内心依然有着当时离开医院的不舍和难过，而她下决心离开医院还是因为病人，尽管她努力想做好自己的事情，却改变不了医院面临的问题。20 世纪 80 年代，那个时候的乌兰县医院，医疗条件有限，很多病人因为地域、交通、医疗条件等原因离开人世。才仁其清楚地记得，那是一个冬天，在医院值班的才仁其看见急诊科送来了两个车祸的重病患者，由于车祸事发地与医院离得比较远，等送过来的时候，病人因为失血过多抢救无效而死亡。这件事对才仁其的冲击力很大，看着自己的蒙古族同胞就这样离开人世，才仁其有着说不出的痛，即便医生全力抢救，但是，在事故面前，人显得太渺小，太脆弱，任何人都无法逃避。

离开医院到招待所上班的才仁其更加努力地学习自己的业务知识，加之她本来就很聪明，没过两年，便成了一个出色的会计师。不仅如此，工作闲暇的时候，她还经常到后厨帮忙，到餐厅当服务员，和大厨学习做菜。大家开玩笑说："才仁会计，你都是我们单位的会计了，还跑到我们后厨帮忙，当服务员，单位不多发一分钱的工资，没必要让自己这么辛苦。"才仁其听了以后笑着回答道："当会计又怎样？我就是一个女人，家里活我干习惯了，没事做的时候我自己就着急。"

因为性格随和，招待所的人都喜欢她，大厨还给她教怎么做菜，这对才仁其来说，也是一件很开心的事，因为她可以做好吃的饭给老公和孩子吃，也可以做饭给自己的亲戚朋友吃。1985年，乌兰县有了一个上大学的指标，开会经过商量以后，大家一致认为才仁其是一个勤奋好学的人，决定把指标给她。听到这个消息的才仁其既高兴又发愁，高兴的是，她终于有了一个上大学的机会，她可以在老师的指导下学习她想学的知识。发愁的是，学校在辽宁，脱产上学，家人得不到照顾，两个孩子年龄都还小，正是需要妈妈的时候，这时候，如果她离开了，对孩子是不公平的。为了能上大学又能照顾孩子，才仁其多次和学校沟通，学校答应她可以在家自学，每一个季度交一次作业，提前15天寄到学校，如果老师认为有问题，把问题点出来写到作业本上再寄到乌兰。

才仁其说，那是她生命里过得最快的两年，她觉得作业刚交上去没多久，下一季度交作业的时间就已经到了。有些问题自己如果不在计划的时间内搞清楚，那么作业就没有办法写，就会耽误老师看作业的时间，因此，那一年的才仁其每天晚上都要努力学习到很晚。她只是一个高中毕业生，进入系统学习以后，很多专业术语她都看不懂，就买了一本新华字典，一个词一个词地查，不懂的再问老师，实在不懂的问题，她就记下来，等到交作业的时候一并寄给老师，让老师把答案写好以后再寄回来。那时候的邮政车半个月才来一次，而且时间很不准确，邮政局的一位大姐觉得她特别不容易，提前打电话告诉她邮政车来的时间，让她尽快做准备。

每年，才仁其都要去辽宁两次，对于自己积攒下来没有办法解决的难题，老师会用一个星期的时间有针对性地给她进行辅导，这对才仁其的学习有很大的帮助。通过老师和她自己的努力，才仁其按时毕业，毕业的时候，她的老师说："你的知识底子没有其他学生好，因为你家庭的原因，你的学习条件也没有其他同学好，但你是所有同学中最好学、最认真负责的，老师被你这股学习的韧劲儿所打动。虽然你不是学习上最出色的那一个，但你是老师眼中最佩服的那一个。"

　　老师的一番话对才仁其来说就是强心针，她没有想到的是，她只是一个来自偏远牧区的毫不起眼的学生，但这两年里，老师一直在鼓励她，尽最大的努力帮助她，而毕业时老师对她说的这番话，让她更加理解了"学无止境"四个字的含义，也为她的将来奠定了坚实的基础。

　　在乌兰县招待所工作了 8 年的才仁其，又有了新的想法，她的眼睛瞄准了民族服装行业。她所学的知识，她对待困难的坚韧和毅力，以及她对未来的期望都让她对安于现状的工作状态有所抵触。在别人的眼里，才仁其已经是乌兰县招待所的会计，是有着大学文凭的人，她有着别人看好并羡慕的前途，只要她一直做下去，她的将来会越来越精彩。但是，才仁其不这样想，她觉得，人活着就要有一股拼搏的劲儿，而不是在碌碌无为中浪费时间，浪费自己的年华。

　　刚开始的时候，才仁其只是对本民族的服装和民族帐篷感兴趣。她首先学习如何裁剪衣服，每天晚上吃完饭就翻看服装裁剪的书籍，看多了她就开始找报纸裁剪，然后做成纸衣服试。不久，就变成了实际操作，她给自己的孩子做衣服，老公觉得她给孩子做的衣服很合身，样子也不错，便给她买了一台缝纫机。有了缝纫机的才仁其做衣服的对象范围开始扩大，从自己的孩子到亲戚朋友，最后，周边知道她的牧民也开始找她做骑马装，她做得越来越好，牧民对她的认可度越来越高。

　　做衣服也能做出名堂来，这是才仁其不断学习努力的结果，也是她开始创业的前奏，她骨子里的拼劲儿和韧劲儿开始指引着她往前走。

　　才仁其开始关注乌兰县的服装厂，乌兰县并不大，很快，她就看中了一家规模很小的服装厂。服装厂里就只剩下几个老员工，效益并不好。服装厂无力挣扎的境况，似乎给才仁其心中创业的小火苗添了一把柴，她觉得只要自己好好做，就一定能够把服装厂的生意做起来，虽然不知道自己能做成什么样子，但是她确信一定比现在好。她有了承包服装厂的想法。没想到的是，她的想法瞬间被自己当县长的哥哥反对，紧接着家人和老公不同意。他们觉得，一个女人，就应该好好工作，相夫教子才是最重要的，能够照顾好两个孩子，能够照顾好丈夫才是一个女人最重要的职责。创业，应该是男人的事情。

　　家人的劝说并不是没有道理。20世纪90年代的乌兰，除了外地做生意的人，几乎没有本地人做生意。本地的女人都是按部就班地工作、照顾家庭，才仁其的想法在根深蒂固的观念面前就显得很不合时宜。然而，才仁其没有听家人的劝阻，毅然决然地停薪留职，承包了服装厂，开始了她艰辛的创业之路。

　　当然，每一个人的创业都是艰辛的，才仁其也不例外。接手服装厂之后，才仁其开始清点服装厂的资产，除了设备之外，仓库里只有30件中山装。几个老员工不但年龄大，而且还不好好干活。才仁其心里明白，这几个人一点儿指望都没有。巧妇难为无米之炊，刚接手服装厂，没有太多资金，即便自己有一手做衣服的本事，但没有原材料就什么也干不了。为了让服装厂有效益，才仁其找丈夫出主意。丈夫在税务部门上班，经常和生意人打交道，只要听丈夫的，她觉得应该能绝处逢生。当她把所有的情况告诉老公以后，丈夫便对她说："现在服装厂能卖的也只有那 30 件中山装了，中山装虽然在县上卖不了好价钱，也无人问津，但在偏远的草原深处就不一样了，大家很喜欢中山装，只要拿到草原去一定有人要。"

听了丈夫的一席话，才仁其一下子开窍了。说干就干，她把衣服装在麻袋和黄布包里，赶着一辆毛驴车，带着两个孩子就踏上了去草原深处的路。

才仁其回忆起第一次卖衣服的经历，表情便丰富起来。那是她第一次带着两个孩子出门，驴车走了一天都没有走到目的地，眼看着天黑了，偏偏这个时候驴车走过一片沙滩时也停下来不走了。两个孩子还在车上，夜晚的草原有很多不能确定的危险，如果遇到狼那就更麻烦了。才仁其自己不怕，但是她怕两个孩子有危险。那时候没有通讯设备，才仁其只能打开手电筒不停地往山上有帐篷的地方摇晃，希望山上的老乡看到自己的求救信号来救他们。

他们得救了，但才仁其回想起当时的情景就有些后怕。两个孩子岁数还小，为了创业她冒的险真的有点儿大。她说她不后悔，如果这样的事情再发生一次，她还是会这样做，还是会赶着驴车去卖衣服，只是她可能不会带两个孩子去冒险。

30件中山装一天之内全部卖完了，卖了400多元，这是才仁其挖掘到的第一桶金。虽然只有区区400多元，但是，有了这400多元就有了启动资金，她真的可以实现自己的愿望了。才仁其招了4个年轻的职工，加上愿意干活的3个老员工，组建成了服装厂的创业团队。

机会是留给有准备的人的，刚有了400多元的启动资金，就听到半个月以后县上要举办物资交流会的消息，这让才仁其看到了商机，她毫不犹豫地用400多元钱购买了做小孩子民族服装的布料，开始忙活起来。

第一次做衣服，对才仁其来说，最有把握的就是小孩子的衣服了，而且，她经常给自己的两个孩子做衣服，已经熟能生巧了，她相信自己一定能做好。她裁剪了40多套小孩子的民族服装，昼夜不停地把40多套孩子的衣服做完了。刚招进来的年轻姑娘不理解，她们认为孩子的民族服装在交流会上一定不会有人买，因为已经到了新时代，民族服饰没有人要。

交流会如期举办，才仁其和她的40多套民族童装也在交流会上亮相了。大儿子看母亲辛苦要来帮忙，她拒绝了，让儿子好好学习。厂里新招来的姑娘怕丢人不愿意卖衣服，她就让小姑娘躲到摊位后面，自己卖。

才仁其这次做的衣服是民族服饰的夏装，成本相对比较低，她把价格定到牧民群众接受的二三十元，让牧民群众都买得起。衣服一摆到摊位上，不到两个小时就卖了五六套。躲在后面的年轻小姑娘看到大家都喜欢他们做的衣服，也不害羞了，开始站到摊位前和才仁其一起卖。由于衣服质量好，做工精细，价格又实惠，而且卖小孩民族服饰的摊位只有他们一家，所以大家一传十、十传百地传开了。下午来买他们家衣服的人比早晨多了两倍，又卖出去了十几件。剩下的第二天也全部卖完了。

没有衣服卖了，为了满足消费者的需求，他们就开始预定衣服。没有买到衣服的群众听说可以预定，纷纷交来订金，很快又订了1000多元的衣服。这次的交流会让才仁其的服装厂打了一个起死回生的漂亮仗，也让所有的员工看到了服装厂的未来，他们觉得，跟着才仁其厂长干，不会没钱挣。

有了更多的钱，才仁其就专门去了一趟西宁，她到纺织品大楼看当下最流行的衣服样式。才仁其想，马上要到冬天了，夏天的单衣已经不好卖了，但可以卖一些流行的棉衣。临走，她买了一件活里活面的人造毛短大衣。

回到乌兰的才仁其，仿照短大衣的样式做了十几套，又做了十几套小孩子的衣服、大人穿的中山装和牧民穿的大裆裤。备完货已经到了10月，这次才仁其瞄准了格尔木的乌图美仁市场，她知道，要想挣到更多的钱，必须拓宽自己的销售渠道，只有渠道宽了，很多人知道她做的衣服了，她的服装厂才有将来，有活路。

冬天的海西，风会发怒，雪会杀人。即便在房子里，也能感觉到外面的寒冷。才仁其准备的衣服就是冬天的衣服，如果过了这个季节，想卖都卖不出去。她把做好的衣服装在黄色的大帆布里，先搭了一辆便车前往大柴旦。大柴旦的路不平，司机在超车的时候没有掌控好，车子失去平衡，四个轮子朝天翻到了沟里。

才仁其和两个司机被卡在了驾驶室里，幸好沟比较浅，性命都没有大碍，但三个人卡在驾驶室里想出去很难。起初，老师傅想用腿踢开驾驶室的门，却使不上劲儿，加上门已经变形，怎么踢都踢不开。没办法，他们又开始在挡风玻璃上想办法，最后把挡风玻璃弄破了，三个人顾不上疼痛，开始挖沙子，因为只要把沙子挖了，就能从挡风玻璃处钻出去，三个人就能得救。但车子翻到了沙窝里，沙子越挖越多。于是，三个人又开始想其他办法，才仁其在最上面，两个师傅便用尽全力把她推出去。

很多经历过车祸的人对这样的情景都有恐惧，生命是脆弱的，但生命在极限的处境下也会凸显出难以想象的坚韧和顽强，三个人的努力没有白费，经过两个多小时的努力，摞在最上面的才仁其终于被推了出去，才仁其得救了。之后，才仁其就开始挖沙子，她不停地挖，挖得两只手出血也不停，直到把老一点儿的师傅挖了出来她才歇了一口气。最后，她和老师傅又把小师傅挖了出来，三个人全部脱离了危险。

看着疲惫不堪的才仁其，老师傅于心不忍，让她搭便车去大柴旦宾馆休息，等他把车拖出来以后他们也会去大柴旦，到时候再通知她拿货厢里的货物。但才仁其不放心她的货物，那两包衣服可是服装厂全部的收入来源，是员工的指望，如果丢了，她没有办法给大家一个交代。于是，她拒绝了老师傅的建议，守在了车祸现场。

老师傅搭了一辆便车去了大柴旦。到下午 6 点多钟的时候，天渐渐黑了，大漠刺骨的寒风吹得才仁其渐渐失去了意识，就在她坚持不下去的时候，老师傅找了一辆卡车回到了事发现场。老师傅递了吃的给才仁其，但她根本没心思吃饭，心里、脑子里全是倒扣在货厢下面的衣服，她怕衣服脏了没有办法卖出去。那时候没有吊车，只能用绳子拉，拉了几个小时，把货厢拉开了一道缝隙，才把她的货物拉了出来。

她回到了大柴旦，找到了正在大柴旦出差的丈夫，把车祸的经过如实说了一遍，丈夫跑到出事故的地点看了一眼以后就哭了。他说："才仁其，我们风风雨雨也是近 20 年的夫妻了，我们上有老人，下有孩子，你做事的时候能不能考虑一下我和孩子们，你承包服装厂我支持你，但是你做事做决定的时候能不能也把我和孩子们算进去，如果你不在了，我和孩子们怎么办？"

个男人，遇到多人的困难都没有哭过，看到车祸现场时却哭了，可见他当时有多后怕。虽然才仁其听了丈夫的话也心生愧疚，但服装厂正在创业的困难时期，她退缩，服装厂就没有希望，她的梦想也实现不了。因此，愧疚过后，才仁其还是毅然决然地做了去乌图美仁的决定，没有办法的丈夫只好又给她找了一辆便车去格尔木。

到了格尔木以后，才仁其顾不得旅途的疲惫，把货物放到骆驼上，骑着马又开始往乌图美仁走。乌图美仁的销售结果比才仁其之前预测的还要好，不到三四天的工夫，衣服全部卖完了。这次卖了6000多元，又预定了1万多元的衣服，看到这么多钱，才仁其所有的疲惫全部抛到脑后了，她又开始盘算起下一次的备货了。

乌图美仁之行虽然经历了车祸这样危险的事情，但是在销售的过程中，才仁其积累了经验，也看到了乌图美仁的市场前景。通过这次销售，她觉得单打独斗不但危险，成本也很高。于是，她按照乌图美仁牧民的消费需求，找了做民族家具、民族帐篷、民族食品的商家，一起包车跑乌图美仁，每年两三次，不但能够按期将牧民订的衣服送到手里，而且还有了固定的销售渠道，牧民高兴，自己也踏实。

才仁其创业的过程是艰辛的，但是她以苦为乐，迎难而上，让服装厂有了起色。她也有亏欠的事情，丈夫工作很忙，自己又经常出差，根本照顾不上两个儿子，他们只能自己照顾自己。有一次回家，大儿子对她说："妈妈，我会做拉面了，我可以盛一碗给您吃。"只见儿子切了大拇指那么大的洋芋块做的臊子，自己和的面。很快，一碗拉面端到了她的眼前，看着香喷喷的拉面，才仁其哭了。她说："那是我吃的最香的一碗面。我和丈夫工作都很忙，很多时候两个孩子都是自己解决吃饭问题。而且，还从来没有关注过两个孩子的学习，上小学、中学都没有检查过两个孩子的作业，也很少参加两个孩子的家长会。有一次，大儿子的老师问大儿子，你妈妈是不是后妈，一点儿也不关心你的学习。"

是的，才仁其的确没有关心过两个孩子的学习，甚至都顾不上关心他们的生活，每年过年期间是服装销售最火爆的时候，服装厂每天都要加班加点完成顾客的订单，而丈夫在税务部门上班，过年前也很忙。于是，两个儿子都是自己购买过年的衣服，自己备年货。甚至在她忙的时候，儿子把面都和好，等她回来炸馍馍。那时候的清油辣眼睛，她和两个儿子把眼睛捂起来炸。两个儿子从来不抱怨她和她丈夫，也从来不会向她和她丈夫提要求，只要能填饱肚子就可以。

随着时间的推移，才仁其的服装厂规模越来越大，现有的两间厂房已经不能满足供货需求。乌兰县政府看到了才仁其的困难，支持她扩大规模，拨了无息贷款。才仁其买了地，又花了16万让县建筑公司盖了两层共1600平方米的小楼房。才仁其的创业之路是艰辛的，却也结出了丰收的硕果。这栋楼是当时乌兰县除了税务局和财政局之外的第三栋楼房。

有了新厂房，才仁其扩大规模，又招了一些工人，打算大干一场。

这一次，才仁其瞄准了劳保市场。她发现青海有很多大企业，劳保用品的需求量很大，只要拿下来一个大企业，就有足够的说服力让其他的企业也买他们的劳保产品。才仁其跑的第一个企业是青藏铁路公司，第一次找到青藏铁路公司后勤处的领导，他们对这家在乌兰县做民族服装的厂家并不看好，因此婉言谢绝。但是不服输的才仁其不放弃，拿着自己生产的产品一趟又一趟找到后勤处，后勤处的领导终于被她的真诚打动，于是让他们为铁路工人设计一款夏天用的凉帽。为了达到顾客的满意，才仁其跑遍了西宁的劳保市场和帽子销售点，费尽心思为他们设计了一款适合高原铁路工人使用的帽子，最终得到了大家的认可和好评。从那以后，青藏铁路公司的手套、帽子、大褂全部交给他们做，一年的收入达到十几万。有了口碑和第一单生意，下面的销路就好跑了。锡铁山、察尔汗这两个地方的大企业她都跑，功夫不负有心人，紧接着，另外一家公司的帽子和手套也交给他们做，生意又上了一个台阶。

　　青海是一个高寒之地，大多数企业的员工都在第一线工作，如果要有更大的订单，必须因地制宜，做出适合青海高寒之地作业的防寒服。驼毛是御寒的好原料，如果能够用驼毛做防寒服，那御寒效果肯定比市面上的防寒服好，也一定会受到大家的青睐。想到这里，才仁其又开始收购驼毛做防寒服。防寒服的布料青海没有，只能到上海采购，才仁其去上海采购布料的时候发现自己厂的工艺根本不能和上海的工艺比，她便想到一个主意，就是让上海的厂家给他们提供外衣，他们负责加工驼毛内胆。这个想法自实施以来，很快在市场上火了起来。才仁其说："那时候做的防寒服样子是当时最流行的样子，又有暖和实用的驼毛内胆，御寒效果比市场上的防寒服好，所以得到了高原地区工人的喜欢，一经推出便销售一空，基本没有库存。"但随着市场竞争力的增大，自己厂子加工驼毛的技术力量达不到要求，杂质多、粗毛多的现象凸显出来。为了紧跟市场需求，才仁其又买了细毛机、绒毛机等设备。

添置了设备，厂房又不够用了。正在发愁的才仁其再一次得到了政府的支持，买了8000多平方米的地皮，盖了3000多平方米的房子。为了让厂子的职工有房子住，才仁其又盖了26套职工住宅，所有的职工都可以免费入住，不要租金。

对残疾人的扶持是才仁其服装厂进入正规运转以后一直在做的一件事，每年她都要花近两万元来扶持3户残疾户。同时，她也招收残疾人到服装厂上班，给他们提供工作机会，也给他们提供免费的住房。在服装厂工作了5年的残疾人小王说："我一只胳膊没有了，才仁其董事长让我专门看机器，她不但给我提供就业机会，还给我提供住房。我现在能像一个正常人一样上班拿工资，也可以像一个正常人一样生活，有了对生活的信心，这一切都归功于才仁其董事长。"小王的一番话也是服装厂里所有残疾人的心声，是的，面对需要帮助的有困难的人，才仁其从来都不会拒绝。

还有一次，政府安排一个贫困户到服装厂上班，才仁其看到这个贫困户身无分文，不但给他提供住房，而且还预支了1000元的工资给他，让他有吃饭的钱，没想到贫困户拿到钱就跑了，让才仁其很失望。但遇到需要帮助的人，才仁其还是毫不犹豫地给予帮助。她说："人的好坏虽然可以区分，但你不能因为他是一个坏人而不去帮助他，贫困是事实，需要帮助也是事实，我们不能放弃。"

除了帮助残疾人，才仁其到牧区收购羊毛、驼毛、牛毛等原材料时也会尽可能地多付给牧民钱，她会以比市场价贵1.5元的价格收购，运费、人工工资、装车、卸车她都付钱给牧民，这样，她收购的原材料比市场价每斤要贵两元多。但只要才仁其到牧区收购原材料，牧民们就像等自己的家人一样，给她煮肉，给她备好酥油茶，等着她到家里来。遇到牧民家里婚丧嫁娶，她也会出一份钱，就像自己家的事情一样。按才仁其的话说："我也是从贫困地区走出来的，我也是草原上的人，力所能及地去帮助需要帮助的人，能够为他们做一些事，我很欣慰，也是我事业的动力。"

2005年6月29日晚上8点多，才仁其的丈夫坐了一辆便车去西宁解决电力公司的上税问题，车行驶到刚察时与一辆手扶拖拉机相撞，当场死亡。这一噩耗的传来对才仁其来说是致命的，失去丈夫的才仁其变得萎靡不振，无法做任何事情，甚至很多时候她想到了自杀。结婚这么多年来，丈夫从来都不和她吵架，什么事情都由着她，让她做自己想做的事情，而且对她的事情，从来都是只支持不反对。两个人没有因为生活开支吵过架，把钱放到抽屉里谁需要谁花，就这些生活的小细节，如今再想起来，却是那么珍贵和难得。如今，丈夫去世了，她的精神支撑突然就崩塌了，才仁其连活着的信心和希望都没有了。

为了让才仁其走出痛苦，两个孩子轮番给她做工作，厂里的职工给她做工作，草原上的牧民也给她做工作，希望她能够振作起来。经过一段时间的痛苦煎熬，大家的关心终于唤醒了痛苦的才仁其，她又回到了她的服装厂，回到了自己的工作岗位上。

截至 2018 年，服装厂的资产已经达到 3000 多万。按照市场的需求，才仁其将精力投入到了驼绒被等产品的制作和销售。较好的市场销售前景，让她又有了新目标。现在，他们制作的产品连江苏的厂家都很满意。

如今，65 岁的才仁其依然老当益壮，奋战在第一线。她放弃了两个儿子在西宁给她买的房子，依然和工人们同吃住，依然忙忙碌碌。只要生活困难的人求助于她，她依然会慷慨解囊帮助他们。她说："我就是一个普通人，我的能力是有限的，对于贫困户或是需要帮助的人，我只能一个一个地扶持。虽然我老了，但是我的心还没有老，我做事的激情依然还在，我相信服装厂的明天会更好。"

都是草原的儿女，
一个都不能落下

　　走进宽阔的天峻，无边无际的草原、悠闲的牛羊，像一幅画展现在眼前。行走在天峻这片草原，自然而然会想到那些生活在草原上的牧民们，他们在这一片柔静安详的草原上有着怎样的故事呢？

　　德西宽卓是天峻县江河镇莫和拉村的建档立卡贫困户，没有草山、没有牛羊是德西宽卓致贫的主要原因。

　　德西宽卓是从江河镇莫和拉村嫁到织合玛乡的，刚嫁过去的时候，德西宽卓有着和很多牧家女一样的梦想，守护着草原，守护着自己的家，丈夫放牧，她在家操持家务。的确，刚开始的时候，德西宽卓的生活就是这样的，她觉得自己是幸福的，虽然丈夫家条件不好，生活过得艰难，但她很知足。没过一年，他们有了一个女儿——小卓玛。小卓玛的出生让德西宽卓的生活更加忙碌了，她不但每天要挤牛奶，打酥油，解决家里的日常事务，还要照顾女儿，尽管如此，德西宽卓也从来没有觉得生活有过不下去的时候。

　　让德西宽卓对生活失去信心的是丈夫的一个电话。有一天，丈夫接听了一个女人的电话以后便没有回家。那一夜，德西宽卓隐隐地感觉到了噩梦的到来。第二天，她问丈夫昨天干什么去了，丈夫含含糊糊拒不回答她的问题。后来，丈夫变本加厉，当着她的面和一个女人打电话调情，有时候干脆两三天不回家，德西宽卓知道，她的噩梦真的要来了。但是她还是想给丈夫一次机会，毕竟孩子已经有了，她不能让孩子没有父亲，但那一天，德西宽卓生气了，发火了，最终，她还是离婚了。

和丈夫离婚以后，由于丈夫家里人多，她和女儿只分到了一小片草场，没有牛羊的德西宽卓开始了她的打工生涯。带着一个两岁的孩子，自己又没有多少文化，很多活做不了，只能到饭馆当服务员。孩子没人照看，便托赋闲在家的同村老乡照看，生活过得异常艰难。打了 3 年工，带着一个两岁的孩子，德西宽卓真正感觉到了自己的力不从心。自己是一个牧民，没有牛羊，就像是一个外来人一样。她的专长是放牧、挤奶、打酥油，如今却只能打工，只能做一个服务员，孩子没有人照顾，她感到绝望和无奈，却没有任何办法解决。

她的一切，被村里的达日排书记看在眼里，记在心里。达日排是牧民，也是一名共产党员，更是莫和拉村的党支部书记。他把最困难的德西宽卓定为自己的帮扶对象，拿出自己家的 20 只羊给了德西宽卓，又考虑到孩子小，打工和放牧都不适合，经过和其他牧民协调，把那一小片牧场租给牧民，让他们顺便照看 20 只羊。对于她 5 岁的孩子，村里认为已经到了上幼儿园的时候，不

莫和拉村党支部书记达日排和他的帮扶对象德西宽卓

能不让孩子没学上，于是经过村党委会研究，孩子的学费由村里的党员支付，不用德西宽卓掏一分钱。为了方便德西宽卓照顾上幼儿园的孩子，村委会又帮着她在天峻县申请了一套廉租房，两室一厅80多平方米，足够德西宽卓生活。

有了羊，自己的那一点儿草场也有用了，这让德西宽卓内心宽慰不少，觉得自己是草原的一分子。村里的党员为她和孩子能想的都想到了，能做的都做到了，她觉得自己虽然离婚了，经历了很多艰辛和困难，但是，现在她和孩子的生活条件比离婚前还要好，这和村里的帮扶是分不开的，和政府的大力扶持是分不开的，她将政府和村干部深深地记在了心里。现在，她可以在天峻县打工，自己每个月的所有收入加起来也有三四千，她知足了。

和德西宽卓同村的祁知布，家里只有他和老伴，79岁的祁知布和 80 岁的老伴没有劳动能力，女儿嫁到刚察县，由于路途遥远，要做的家务很多，平时没有办法照顾两个老人，所以两个老人成了村里扶持的重点对象。

为了让祁知布两口子晚年生活过得好一些，党员多日巴和彭措吉决定一起帮扶这个家庭。祁知布有自己的房子，生活设施也算齐全，但没有劳动能力，家里又没有牛羊，两个老人从小到大都在草原上生活，吃惯了牛羊肉，为了让两个老人有肉吃，多日巴拿出自家的 15 只大羊、彭措吉拿出了 5 只绵羊送给祁知布，为方便日后两个老人能够吃到肉。

照顾老年人的生活要考虑到生活的方方面面，村委会从每一个细节做起，平常的饮食、家里的卫生等都要有人操心，多日巴和彭措吉两个人轮流照顾祁知布一家，从来没有让老人受到委屈。祁知布有点儿耳聋，很多事需要大声说才能听得见，他俩每次都不厌其烦地将事情说清楚，直到老人听懂为止。有时候和祁知布说话声音变大了，回到家里声音也自然而然变大了，自己家人还以为要吵架呢。

现在的祁知布有肉吃，村委会的党员隔三岔五还帮他们两口子打扫卫生，拿一些吃的过来，左邻右舍平常有啥好吃的也会给他们拿来一些，每个月政府还给两个人 1000 多元的养老金，想买什么也不怕没有钱。老人身体康健，即便没有儿女在身边，也不觉得孤单，因为他们感受到了有儿女在身边照顾的温暖。

江河镇莫和拉村有 85 户 264 人，党员 22 人，建档立卡贫困户 13 户 38 人，是精准扶贫重点村。为了让这 38 人能够脱离贫困，莫和拉村委会积极组织全村党员进行帮扶，一个党员承包 1 户 ~2 户贫困户，责任落实到位。有了这样的举措，党员们谁也不甘落后，争着为自己的贫困户谋出路，带着有能力的贫困户出去打工，致富能手们则手把手给贫困户们分享自己的致富经验，让他们树立信心，勇敢面对困难。很快，莫和拉村的有些贫困户实现了脱贫。

江河镇建档立卡贫困户 73 户 185 人，致贫原因很多，针对致贫原因，8 个机关党支部开会研究解决。结合党建，江河镇党员承诺家长制针对建档立卡贫困户，发挥党员先锋模范作用。首先带领贫困户解放思想，从精神上做到脱贫。然后将比较优秀的党员、致富能手选出来，让他们融入贫困户家中，带动贫困户脱贫。同时，从每一个细节做起，生活、家庭卫生等等都考虑到，就连贫困户的婚丧嫁娶都要做到"四必到"。由于大家的关心和帮扶，很多贫困户主动解放思想，努力改变自己的生产生活状态，年人均收入达到万元以上。

莫和拉村党支部书记这样说："我们的祖辈为了守护这片草原，不知经历了多少磨难。今天，我们有共产党的领导，有政府的帮扶，遇到困难政府首先看得见，比起我们的祖辈，我们的生活不知要好多少倍。如果我们光顾着自己过好日子，对不起我们的祖辈，也对不起政府。况且，贫困户都是草原的儿女，我们怎能落下一个？"

采访结束的时候，我听到祁知布的儿子千青加回来了，因为和媳妇离婚了，便回到了父母的身边。看到两个老人生活过得这么好，看到党员和政府把父母照顾得这么好，千青加内心无比愧疚。他说："我没有本事，没有文化，只会放牧，我要把羊放好，把父母照顾好，努力脱贫，改善生活，不让政府失望。"

我们爱牛羊，更爱草原

走进天峻草原，你会情不自禁地爱上这片草原，它像一条绿色的地毯铺向朝霞升起的地方，铺向蓝天与大地亲吻的地方。作为一个过客，尚且有这样的感触，那么生活在龙什根草原梅陇村的牧民，对这片草原的热爱，定是跨越了他们老旧的根深蒂固的观念，超越了自己的小利益的大爱。

梅陇村位于天峻县新源镇，在美丽的布哈河东岸，距离县城20公里，共有草场面积13.24万亩，是一个以畜牧业为主的藏族牧业村。2008年，按照省委、省政府提出的"以保护草原生态环境为前提，以科学合理利用草地资源为基础，以推进草畜平衡为核心，以转变生产经营方式为关键，以实现人与自然和谐为目标"的总体要求，梅陇村成为全省生态畜牧业建设试点村之一。在没有任何成功经验可借鉴的情况下，梅陇人开始了生态畜牧业的建设，他们先行先试，大胆创新，成功探索出一条以"股份合作制"为核心的"梅陇模式"，最后成为全省生态畜牧业建设的典型样板和成功模式，从机制体制上探索出了一条适合草原牧区可持续发展的绿色富民之路和畜牧业转型升级发展之路。而他们走出这条路的艰辛和所面对的困难也是前所未有的。这一切，牧业社社长更桑多杰感触最深。

刚开始组建合作社的时候，村里很多人不同意，尤其是以多日巴为主的曾经经历过20世纪60年代合作社组建的老人都不同意。

当着新源镇镇长李毅栋和社长更桑多杰的面，牧民多日巴情绪有点儿激动地说："年轻的时候，我们就经历了合作社的事，最后还是把草场还给了牧民，现在又要组建合作社，明明行不通的事情，又要来一次，我不干。"

听着多日巴的话，李毅栋镇长说："您可不能这么说，这一次，草原还是你们的，牛羊也是你们的，只不过我们要把草场和牛羊按等次进行划分，合理利用资源。现在大家都能看得到，我们的草场在退化，如果我们还按照现在的放牧模式，我们的草原迟早有一天会变成沙漠。"

李毅栋的话并没有打动以多日巴为首的老牧民，他们看不到更远，虽然他们也担忧草原退化，但是他们觉得自己在这片草原上生活了大半辈子，他们的祖祖辈辈一直在这片草原上过着游牧生活，说草原要变成沙漠，有点儿虚张声势。

多日巴这样说这样想不是没有道理，他们在草原上生活了一辈子，没见过世面，没有文化，他们想不到那么长远，他们辛辛苦苦把日子过成了今天的样子，有草场，有牛羊，现在要成立合作社，把这一切"还"回去，他们是绝对不同意的。

虽然有大部分的牧民反对，但是组建合作社的事情不能因为大多数人的反对而停下来。合作社成立了，17户入股，这17户中有社长、党支部书记、村委会委员，还有11户贫困户。17户登记入股后，新源镇镇长李毅栋、副县长更智加、州农牧局副局长生柏又把群众组织起来，反复开会，宣讲合作社的好处。不仅如此，李毅栋带着工作组挨家挨户进行宣讲，推心置腹地告诉他们合作社的好处。

想起以前入股时的心酸，社长更桑多杰的心情是激动的，那时候，所有的人都不理解，自己心里也没有底。而且，周边的村子也对他冷嘲热讽。隔壁村的才旦有一次当着他的面说："哎呀，你这是不是已经穷得揭不开锅了，走合作社的路子？"不负责任的言论让更桑多杰倍感压力，但是，他没有退路，只能硬着头皮往前走，因为他相信党，相信政府的决策。平常和领导们一起到牧户家中做宣讲的时候，他也给自己做思想工作，遇到自己不理解的问题，也会经常问。到最后他知道，合作社不但是发展生态牧业、保护草原最好的出路，也是整合所有资源，解放劳动力的最好方式，他变得越来越有信心，越来越自信。

经过大量的走访宣讲，很多牧民了解到合作社的好处以后便纷纷入股，入股户数增加到 27 户，但还是没有达到预期的结果。牧民依赖牛羊生活，牛羊依赖草场生活，草场永远是牧民生活的根基，没有了草原，就没有了牧民的生活。为了让梅陇人看到这一点，李毅栋和更桑多杰带着大家去看一些沙化严重的草原，也拿出一些沙化草原的图片给大家看，用现实说服大家如何才能保护自己的草原。当牧民们得出这样一个结论并预见到不保护草原的后果以后，都经历了一场人与牛羊、草地之间情感、观念纠葛在一起的嬗变。

2009 年 5 月，牧民入股户数达到 42 户，42 户入股以后，合作社建章立制将草原和牛羊折价，在草场的折价上，夏季草场两元一亩，秋季草场 3 元一亩，冬季草场 5 元一亩。牲畜的折价分得比较细，他们将对牙及对牙以上藏羊按 800 元 1 只计算，周岁藏羊按 600 元 1 只计算，羔羊按 400 元 1 只计算，生产母牦牛按 2400 元 1 头计算，三岁牦牛按 1300 元 1 头计算，两岁牦牛按 1000 元 1 头计算，牦牛犊按 400 元 1 头计算。草场和牲畜股金 1 股为 2400 元。有了标准以后，合作社就和已有合同的 42 户牧民签订了协议，3 年之内不能退社，确定 20 户作为养殖户，从此，迈出了合作社的第一步。

走出第一步，困难才刚刚开始，没有经验可借鉴，只能摸着石头过河。他们按照统一轮牧制度、统一配种、统一育肥、统一加工、统一销售、分群养殖的"五统一分"管理方式，做好前期的"功课"。他们请来畜牧专家，按照草地资源与生态监测技术规程的操作方法，在夏季牧草生长旺季的最高产量期，分别对梅陇村的冬春、夏季、秋季草场进行了测产，按照行业标准测算出了区域内的合理载畜量，科学合理配置草地资源，稳妥推进草畜平衡。又按畜种、生产用途、性别、年龄、等级重新把牧民的牛羊组成31群，其中，能繁母羊群23群，后备母羊群两群，种公羊1群，非生产畜1群，牦牛群3群，犏牛群1群，能繁母羊群360只为1群，种公羊340只为1群，牛群300头为1群。对按照牛羊载畜量划分出来的畜群，进行了合理的分配，把母羊、母牛放到草地肥沃的地方，把相对比较弱的牛羊放到草地质量差一些的地方，并严格划定每一片草场的载畜量，最大限度地把草原利用了起来。

那段时间，所有入股的牧民心中一直在算一本账，牲畜总量多少头（只）？草场面积、可利用草场面积是多少？冬春、夏季和秋季草场的每亩产草量各是多少？按照现有的可利用草场面积，恢定载畜量多少，才能实现草畜平衡？因为专家测定的结果，让牧民们发展生产的眼界宽广了，他们清楚地知道了梅陇村共超载6620只羊单位，超载率为48.5%。以冬春草场超载过牧最为严重，夏季草场存在潜载。于是，他们便出售非生产畜5881只羊单位，把总共1462只牦牛和89匹马集中到了夏季草场放养，实现了冬春草场当年减畜 1.36 万只羊单位，使载畜量趋于合理。

心里能算账，就说明大家对合作社是支持的、上心的，所以在第一年里，哪怕遇到再大的困难，大家都齐心协力坚持了下来。但由于经验不足，对入社的社民分红也没有好的保障，有时候连放牧人员的工资都发不下去。而且，没有激励政策，放牧的村民总觉得是合作社的羊，没有积极性，年底清算的时候，损失了一些羊。为了保证放牧村民的工资，他们将国家每年发给社里上班人员的补助全部拿出来给条件比较困难的放牧村民。隔壁村的村民取笑更桑多杰："你那合作社就是花架子，连国家给你们的工资都拿出去支付放牧员的工资了，你已经走投无路了。"听着隔壁村才旦的嘲讽，更桑多杰反而没有了压力，他知道，踏出去的脚步有了方向和目标，一定能走出一条发家致富、保护草原的路子来。

第一年，合作社分红 23 万。合作社领导坐到一起总结经验，又把所有的股民叫到一起开会，这次会议开得很成功，牵扯到每一个牧民的利益，所以，对出现的问题也达成了一致的意见。大家认为，合作社的牛羊就是自己的牛羊，不能少一只羊，更不能少一头牛，并和放牧村民签订了协议，制订了激励办法和规章制度，明确了放牧员的职责，告诉他们，放牧少了要赔款，放牧好了有奖励。这样的举措不但使大家有了主人翁意识，更能清楚地将自身的利益和合作社的利益紧紧地联系起来，为以后的发展奠定基础。

第二年，合作社分红 56 万。有了前一年的经验，和放牧村民

钢夫局长（右四）在天峻牧区入户调研

签订了协议后，放牧员的积极性提高了，出栏率也高了，以前100只羊只有80只的存活率，后面存活率达到了98%。同时，由于牧民们严格按照专家根据气候、地形、植被、水源测算出的合理载畜量载畜，并将冬春季、夏季、秋季草场进行了科学调整，优化了放牧制度。对入股牲畜、草场进行整合，内设4个轮牧小区，每个小区放牧34天，放牧周期205天。有效地保护了草地资源，植被覆盖度提高5%~10%，冬春草场每年增加干重为23.7万公斤的可食牧草。通过划区轮牧，科学确定各季节草场利用时间，使草场资源得到合理利用，草地生态环境得到明显改善，亩均产草量增加了15公斤~20公斤。产草量的增加是42户牧民努力的结果，也是梅陇人过去不曾有过的自觉行动，这种自觉的行动不是量的改变，是质的飞跃。

"可利用的草场多了，牲畜相应减少了，老弱病残出栏不养了。按照宰畜量定草场，以前不管草场多少，我要养多少就多少，现在按照划分，一个草场养300只，也只能养300只，牛羊的肉质品质上去了，羊的重量也上去了。"梅陇村二社牧民扎西这样说。

第二年，也就是2009年，梅陇村入股草场75544亩，占可利用草场的67%，入股牲畜10024只羊单位，占牲畜存栏的75%，初步形成畜牧业规模化、集约化的雏形。而传统畜牧业生产经营方式的转变使一部分劳动力从草地畜牧业中分离出来。为了发挥这部分劳动力资源的优势，梅陇人急中生智，开辟多元增收渠道，以合作社股份制形式兴办空心砖场和牦牛奶牛场，扩大饲草料种植面积，加速转移剩余劳动力，结束了牧民靠传统畜牧业增收的方式，初步形成了多元增收的格局。全村102个劳动力中，从事放牧的只有42人，59%的劳动力从传统畜牧业生产中解放了出来，转移后的牧民7人在种草点，20人在空心砖场，10人在牦牛奶牛场，9人经营出租车和农用车，14人进城务工。那一年，入股牧民人均纯收入达12016元，与第一年相比增收7393元，增长160%。其中，畜牧业收入占总收入的40.7%，第二产业收入占总收入的9.9%，第三产业收入占总收入的49.4%。

更桑多杰心里清楚，他们合作社有这样的成绩，能够实现分红，和政府的支持是分不开的。合作社没有成立之前，村里的基础设施很差，不能满足合作社的要求。为了让合作社能够顺利发展，镇长李毅栋主动和相关部门积极沟通，争取项目资金，改善现有的不能满足合作社的基础设施条件。李毅栋为梅陇村争取的基础设施建设项目得到了天峻县政府的大力支持，将农网改造项目、新牧区示范村建设项目、生态畜牧业建设试点项目等三大项目整合实施，整合各项投资 869.6 万元。建成 10 千伏高压线路 5公里、低压线路 27 公里，建成通村砂路 8 公里，建成划区围栏56.1 公里，建成畜用暖棚 48 座、畜圈 48 座、储草棚 48 座、牲畜疫苗注射栏 46 座、牧民定居房屋 15 处、土井 35 眼、集中育肥点两处，建植一年生饲草料地 1500 亩，牧民生产生活条件得到全面改善，而这一切为合作社将来的发展起到了举足轻重的作用。

合作社的发展让牧民尝到了甜头，之前没有入股的多日巴在合作社成立的第三年，主动拿着自己的牛羊和草场来入股。

梅陇村一社的社长俊青家里有 1334 亩草场，其中一部分草场因为虫害和鼠害而沙化。俊青一家祖辈都在草原上放牧，小时候自己家草场上的草长得比较茂盛，但是现在，草场沙化严重，按照每 8 亩一只羊的载畜量算，他的草场只能养活 167 只羊。167 只羊，俊青如果不增加牲畜，家里就没有收入，但如果增加了牲畜，草场破坏严重，迟早有一天，他有草场却没有草可以供牛羊吃，一家人的生活都会成问题。

其实，在没有成立合作社之前，俊青就找过朋友和亲戚来解决草场沙化严重的问题，可是，一个人的力量毕竟有限，所以就显得力不从心。2008年，成立合作社之初，俊青听了县上的领导和镇长李毅栋讲解合作社的好处以后，看到了解决自家草场沙化问题的希望，便带着自己的牲畜和草场加入了生态畜牧业股份合作社。

俊青是放牧的一把好手，每年他的牛羊比别人家的肥壮，于是，合作社将他聘为分群放牧员。妻子闲了下来，就在合作社下属第三产业的空心砖厂当了一名工人，每天70元的收入，每个月有2000元的收入。更让俊青感到高兴的是，因为科学合理的载畜量，草场的生态逐渐恢复，他家草场的青草长得越来越青翠繁茂了。

这就是梅陇村第一个尝试畜牧业改革果子带来的甜头，他们整合资源不但保护了草原，提高了畜牧业的经济效益，更重要的是，解放了劳动力，拓展了增收的渠道。

梅陇人对草原的长远打算，放弃眼前小利、还原美丽草原的恒心和决心，是"梅陇模式"成功的关键。

梅陇人敢于走出草原，接受外面世界的劳动方式，带来的不仅仅是收入的增加，更是观念的改变。

梅陇人从单一的、划地为牢的生产经营模式，转变为集约化的经营，使羁绊牧民发展的手脚从此被放开，也让他们有机会尝到草原以外更加多样的"甜头"。

当梅陇人放下手中的羊鞭，拿起其他的工具，这意味着走出草原的牧民，开始的不仅仅是劳动方式的转变，更是思想上质的变化和飞跃。

从 2010 年开始，县扶贫办每年扶持梅陇村贫困户 900 只母羊，这又是一件政府为了让梅陇村发展生态畜牧业而扶持的大项目。为了发挥项目的最大优势，合作社通过开会讨论如何分配这 900 只母羊。如果把羊直接分给贫困户，第二年，这些羊就没有了，但是把羊拿出来放到合作社作为股份，还能分到红。经过大家讨论，决定每年选出 4 户贫困户，每家分 225 只羊，次年牧羊返还，50%属于贫困户自己，50% 入股到合作社。第二年，把 900 只牧羊再分给其他贫困户，以此类推。这样的做法，对激发贫困户的积极性起到了很大的作用。到目前为止，11 户贫困户的年收入人均达到两万元以上。

梅陇模式得到广泛推广

第三年，合作社分红达到 80 万。这时候，合作社又组织召开村民大会，征求所有股民的意见，问大家要不要走下去。入股的牧民一致同意要走合作社这条路，包括多日巴在内的另外 30 户主动拿着草场和牛羊来入股。那一年，梅陇村 72 户 217 人全部加入合作社，草场和牲畜 100% 参社入股。

2008 年，"梅陇模式"试点起步；2009 年，探索创新；2010 年，凝练总结；2015 年，巩固提升；2017 年，规范运行。自"梅陇模式"实施以来，2009 年，合作社分红 56 万；2010 年，分红 80 万；2011 年，分红 126 万；2012 年，分红 150 万；2013 年，分红 156 万；2014 年，分红 122 万；2015 年，分红 138 万；2016 年，分红 200 万。2014 年，因为牲畜市场的原因，大家的分红有点儿少。当更桑多杰一口气把这些数字准确无误地说出来的时候，我可以想象他们前行的每一步中艰辛和喜悦并存的情绪变化，他们爱自己的草原超过了一切，也因为他们深深地爱着他们生产生活的这片草原，所以他们宁可去尝试。他们成功了，走出了一条适合他们、改变他们的"梅陇模式"。

"梅陇模式"是天峻县打破常规、改变牧户生产生活走出的一条适合畜牧业发展的路子，为广大牧民积极转型提供了可以借鉴的经验，也为天峻县畜牧业更好发展奠定了坚实的基础。

——与加强牧区基层党组织建设相结合，与统筹城乡发展示范区建设相结合，与科技创新和技术推广相结合，与强化基础设施建设相结合，与落实强农惠农政策相结合，与发展二、三产业相结合的六个结合成为梅陇模式成功的重要依据。

——先后培训牧民群众9680人次，养殖规模达到48个生态畜牧合作社，14群母牛群2380头，69群母羊群22900只，通过实施应用，母畜死亡率明显减少，仔畜繁活率明显上升，实现了牦牛藏羊的高效养殖。

——取得了绵羊、肉牛有机产品认证证书和天峻藏羊、天峻牦牛地理标识，建成有机生态牧场6个和有机畜产品生产示范基地11个，完成藏系绵羊2.04万只、牦牛0.18万头电子耳标的佩戴和录入，建成柯曲肉食品有限公司有机屠宰线追溯系统，加快了有机畜牧业生产体系建设。

——累计发放草原生态奖补资金50638.32万元，聘用草原生态管护员456人。出台了《天峻县牲畜出栏奖补办法》，共发放补贴资金1662.485万元，全县3419户牧户配备了帐篷、电视、炉具、太阳能电源灯等生活设备。建设游牧民定居房2748套、棚户区改造100套，雪合勒、战骏、新源和牧民新村4个牧民新区投入使用，极大地提高了牧民居住条件和生活水平。

——全县共治理黑土滩84.7万亩，沙化草地4.5万亩，灭治毒杂草216.4万亩，改良、退化草地27.99万亩，防治草原鼠害1703.96万亩、草原虫害10万亩，草原植被恢复693.06万亩，建畜用暖棚7489座，草地围栏624.89万亩，牲畜疫苗注射栏119座，草原环境明显改善，畜牧业基础设施条件显著增强，生态保护成效显著。

——作为梅陇村的所有村民，享受城乡一体养老保险加合作社年分红；合作社垫付医疗费，享受城乡一体医保待遇；全部住进宽敞明亮、户均85平方米的楼房，进行社区化管理；学龄儿童入学率100%，全村培养大中专学生15人。真正做到了老有所养、病有所医、住有所居、学有所教，让那些祖祖辈辈生活在草原深处的牧民们享受到了城市人享受的待遇。

"梅陇模式"的成功，引来很多观摩团队，有青海牧区各个州县的，还有外省农牧地区的，就连新疆、内蒙古、四川、云南、甘肃等农牧区的牧民都纷纷前来取经，把梅陇村的门槛都踏破了。而作为全国牧民专业合作社示范社的梅陇村，如今已经昂首挺胸，在奔小康的路上飞速前进。如今，更桑多杰对梅陇村的未来有了更深更远的打算，他不仅把投资的手伸到了天峻县，更是把眼界放到了遥远的省会西宁。在西宁的夏都大道合伙开了一家宾馆，年收益达到64万元。同时，又在天峻县购买了1200平方米的商品房，400平方米作为天峻县梅陇村的办公地点，另外400平方米打算装修成火锅店，第一年以35万元承包出去，第二年开始每年按70万元收取租金。

"梅陇模式"也引领了生态畜牧业的建设和发展，天峻县按照"划区轮牧、合理载畜、整合资源、规模经营"的生态畜牧业发展理念，组建了生态畜牧业合作社62个，探索出了全省乃至全国颇具影响力的"梅陇模式"，组建了县级联合社——玉舟生态畜牧业合作社联合社和乡级联合社——生格草希生态畜牧业合作社联合社，积极推广股份合作制经营模式和"六统一分"管理模式。合作社完成股份改造 10 个，入社牧户 503 户，入股草场 67.89 万亩，牲畜 5.64 万头（只）。同时兴办洗车行、酒店、藏式餐厅、民族用品皮革加工厂等二、三产业实体，实现了"从农牧民单一的种植、养殖、生态看护向生态生产生活良性循环的转变"，2017 年，玉舟联合社现金分红 1304.4 万元。

对于梅陇人的今天，更桑多杰觉得最该感谢的就是一直推进合作社事情的李毅栋镇长。从 2008 年开始，他为了合作社，所有的事情亲力亲为，和牧民们同吃同住。为了让所有的牧民体会到合作社的好处，他一家一家跑，一家一家解释、做工作，把门槛都踏破了，有时候还要受到不愿入股的牧民们的冷眼。为了让年

梅陇村核定载畜量后草原生态恢复明显

纪大的牧民参股，不厌其烦地给他们做工作。有一次他到一户牧民家，想通过一些图片实例告诉牧户参股的好处，但是，牧户别说看李镇长提供的图片，随后拿起拐杖就把李镇长赶出了家门。刚开始入股的时候，11户贫困户只有草场入股，没有牛羊，股本很低，为了提高贫困户的股本，他从镇里的资金里省出来2.8万元给11户贫困户入股。合作社成立后，他又多方协调基础设施建设，为了合作社的通电工程，几次跑到格尔木和国家电网进行协调，最后争取了下来。

2011年，李毅栋当选为天峻县副县长，但是他仍然关心梅陇村的发展，将合作社创建之初汲取的经验分享给其他的村镇。2018年，李毅栋因肺癌去世，去世时只有46岁。为了纪念李毅栋对梅陇村所做的一切，梅陇村村委会在天峻县梅陇村的展示厅里特意为他留了一块地方，让梅陇村所有的村民记住李毅栋镇长，记住他为梅陇村付出的一切。

在天峻县梅陇村的展厅里，是这样总结"梅陇模式"的："梅陇模式"像一面旗帜在天峻草原上升起，引领了全省生态畜牧业建设的方向，使股份合作成为青海牧区深化改革的重要路径，绿色发展的主旋律和牧民幸福的自觉行动。这一模式的形成，是梅陇人在党的政策指引下不懈奋斗、久久为功的探索结果，是全省广大干部群众在省委、省政府的正确领导下求实创新的实践成果，也是各级党委、政府长期以来不忘初心，坚持科学发展、绿色发展的时代缩影。一花开放不是春，百花齐放春满园，正因为有了先进模式的引领，全省生态畜牧业建设在我省广大牧区生根发芽，开花结果，无数像梅陇一样的生态畜牧业合作社发展典型像格桑花一样在全省牧区竞相开放，欣欣向荣。

政府为我谋划了更好的出路

更藏卓玛是天峻县舟群乡吉陇村的建档立卡贫困户，从小生长在这片草原上的她之前并不是贫困户，她是因为没有草场、没有牛羊而致贫的。

更藏卓玛20岁的时候，认识了从甘肃永靖县刘家镇跑来天峻县打工的年轻小伙刘某，两个人很快坠入爱河。为了爱情，更藏卓玛离开了草原，义无反顾地跟着刘某一起去了甘肃永靖，开始了全新的生活。

甘肃永靖的生活方式和草原是完全不同的，饮食、生活习惯、信仰都有着很大的差别，但是为了丈夫，更藏卓玛努力适应新的生活，每天照顾婆婆，伺候丈夫，活成他们喜欢的样子，因为她爱她的丈夫，就像她爱草原一样。

没过一年，更藏卓玛两口子便有了一个儿子，儿子的到来让这个家庭多了一些欢乐。为了这个幸福的家庭，她更加努力，不但学会了种地，也学会了做饭，慢慢适应了那里的生活。她也渐渐从一个年轻的藏家女孩变成了丈夫的好帮手，丈夫在外面打工，她就把家操持得有模有样。尽管老公家里条件不好，但是一家人在一起怎么样都是快乐的，她很知足。

就这样过了9年，不幸的日子突然降临到了更藏卓玛的头上。她清楚地记得，那是一个阴冷的秋天，下着秋雨，更藏卓玛正在家里做饭，等着孩子放学，等着丈夫回家，但是，村里的一个村民突然跑到他们家，告诉她快去医院，她丈夫出了车祸。

突如其来的噩耗让她无法相信这是真的，她放下手中的活，急急忙忙赶到医院时，丈夫已经被推到抢救室了，她和婆婆在急救室外面等啊等，等啊等……更藏卓玛说："我想等他出来，我以为他一定能够活着出来，但是没有想到，他再也没有醒过来，他没有看我一眼就离开了人世，离开了这个家，离开了他的母亲，也离开了我和9岁的孩子。"

更藏卓玛从来没有想过她的生命里会有这样的一天，没有了经济依靠，这个家变得摇摇欲坠。之前，她一直在家里操持家务，因为语言的原因，她从来没有出去打过工。现在，婆婆需要吃饭，儿子需要吃饭，她却什么也不会做，她觉得生活似乎走到了尽头。

为了撑起这个家，更藏卓玛出去打工，但是她没有文化，没有技能，和当地人交流时语言有障碍，即便在饭馆打工，也只能做一些洗碗和打扫卫生的活。尽管如此，饭馆的工资根本支撑不起一个家的开销。于是，她又到工地上当小工，她虽然没有文化，没有技能，但她有的是力气，当小工还算得心应手。

当小工虽然比饭馆的工资高一些，但还是难以支撑起一个家的开支，婆婆年龄大了，生病要花钱，家里种地要花钱，孩子上学也要花钱。两年了，一家人的生活过得捉襟见肘，而她显然没有能力支撑起这个家。

无路可走的更藏卓玛打通了家里的电话，这时候她也只能给家里打电话求助。电话很快接通了，她听到母亲的声音后眼泪止不住流了下来，她对母亲说："妈妈，家里没钱了，我不知道我该怎么办？"听到女儿的哭诉，母亲也哭了，她告诉女儿："草原是你的家，回到草原总会有办法的。"听完母亲的话，更藏卓玛似乎有了活下去的信心。

之后，母亲给她汇了200元钱，没有办法的更藏卓玛带着11岁的孩子告别婆婆，告别生活了13年的地方，踏上了回草原的路。

一路上，更藏卓玛不停地回想她在甘肃永靖13年的生活。人生有多少个13年可以挥霍？这13年里，她从一个女孩变成了一个女人，把最好的时光给了丈夫一家，但是，现在她又变得什么也没有了，回家的路费还要母亲给她寄过去，她愧疚极了，但是，她无力抗争。

回到家乡的更藏卓玛遇到了她人生第二道过不去的坎，她的父亲去世了。接二连三失去了生命中最重要的两位亲人，她的心像是被撕裂了一样。父亲是最疼她的，她刚刚长大就跟着丈夫跑了，连一个体面的告别都没来得及。如今，她回来了，想孝顺父母，父亲却走了，连个机会都没有给她。

被痛苦折磨的更藏卓玛在家里住了两个月，开始考虑自己和儿子的将来。对已经外嫁出去的她来说，没有草场，没有牛羊，她待在草原也没有事可做。而孩子要上学，住在天峻县上学就会方便很多。母亲在家有弟弟、弟媳陪着，她也放心，于是，她收拾好行李搬到了天峻县城。从妈妈家搬出来以后，她身上只有5元钱，没有钱租房子，她就住在大姐家没人住的小房子里。娘儿俩没有饭吃，住在隔壁的三姐就叫她到家里去吃饭。把一切安顿妥当以后，更藏卓玛开始了她的打工生涯。夏天在工地上当小工，天峻冷，雨水多，当不了几天小工。于是她就到饭馆里做服务员，娘儿俩的生活虽然艰难，但是，这里是生她养她的草原，这里有自己的亲人，遇到再大的困难，她也能支撑下去。

更藏卓玛的姐姐看妹妹辛苦，便让她跟着姐夫干活。跟着姐夫可以在房子里干活，虽然干不了技术活，但不会风吹日晒，还能干得久一些。刚开始一天给100元，后来干得好了以后一天给130元。记得有一次她挣了600多元，捏着600多块钱，她高兴极了，因为这600元钱，她和儿子可以生活很多天。

回到老家的更藏卓玛在工地上当过小工，在饭馆里打扫过卫生，当过保姆，甚至到新疆采过棉花，到格尔木摘过枸杞，慢慢地，娘儿俩的生活好了起来，正当她对未来充满信心的时候，不幸的事又发生了。

有一天，她开着弟弟的车出去办事，不小心撞倒了一个老太太。送到医院，经过一系列的检查后，医生诊断老太太胯骨骨裂，因为年龄太大，便转到西宁交通巷医院进行治疗。

在西宁交通巷医院治疗的日子里，更藏卓玛悉心照料老太太，两个人相处起来就像母女一样。20多天的时候，老太太肚子胀，不舒服，她又带着老太太进行各方面的检查。当医生告诉她老太太肝癌晚期的检查结果以后，更藏卓玛震惊了，医生要求必须转到内科治疗，不能住在骨科了，但是老太太的儿子女儿坚决不同意。

老太太儿子女儿的冷漠和更藏卓玛无微不至的照顾形成了强烈的反差，老太太不忍心更藏卓玛再为她花钱，对更藏卓玛说："丫头啊，我已经在医院住了一个多月了，这一个多月里，我的儿子只来了4次，我的女儿只来了一次，虽然我老了，但我不糊涂，他们的心我看到了，我连累你了。"老太太的手比画着儿女们来看她的天数，眼泪就像豆子一样顺着她褶皱的脸颊流了下来。更藏卓玛看着老太太也哭了，两个人就像亲母女一样抱在了一起。

在医院里守护了45天以后，老太太毅然决然地出了院。一个星期以后，老太太离开了人世，她走得静悄悄的，似乎什么都不想带走。

回到天峻的更藏卓玛恢复了平常的生活，给老太太看病借的8万元钱压得她喘不过气来。但是看到儿子憨憨的笑脸，她就像打了鸡血一样充满了动力，她强撑着继续往前走，不停地打工，不停地还账。

2015年精准扶贫，更藏卓玛被评定为吉陇村的建档立卡贫困户，每个月有350元的低保费；又被聘为护林员，每月工资1300元，再加上平时打一些工，娘儿俩的生活渐渐好了起来。更让她想不到的是，政府扶持10万元，按照异地搬迁的形式将她安置到天峻县昌盛小区，52平方米一室一厅的房子让娘儿俩有了安身之处，突如其来的喜悦像是天上掉下来的馅饼，让她不相信这一切都是真的。她用8.5万交了房钱，又用1.5万置办了家具和生活用品，住进了新家。

住进新家的更藏卓玛不知道开心了多久，对没有家的女人来

两节期间慰问贫困户，并发放米、面、油等物资

说，这样的一套房子意味着什么，她心里太清楚了，她不再漂泊了，不再是没有家的人，不再因为没有安身之所而变得消极、绝望，而这一切，自己没有花一分钱，都是政府给她的。

2017年，吉陇村第一书记找到了她，王书记问她："卓玛，现在有新房住了，对自己的将来有没有打算，总不能打一辈子工吧？"

"我想着好好打工，努力生活，现在儿子大了，我要存钱供儿子上大学，学了知识回来建设家乡。"更藏卓玛简单地回答着，说出了她的心里话，她只有好好生活，才能报答这一切。

"不能把眼界放在打工上，天峻是你的家乡，还有比打工更好的事情你也能做，你要拓宽思路，谋一条适合自己的出路，想好了，你就告诉我，我支持你。"

王书记的话点醒了她，她开始把思路往宽里想，自己是天峻人，从小生活在这个地方，一定有适合自己的事情。经过几天的思考，更藏卓玛为自己理出了一条创业的思路：天峻县的群众大多以肉食为主，因为饮食习惯的原因，很多女人身体偏胖，如果开一个大码的衣服店，一定能赚钱。

她把这个想法告诉了王书记，得到了王书记的双手赞成。正好天峻县和谐商场招商，机会特别好，经过第一书记协调，她从村里的互助协会借了两万块钱，又从亲朋好友那里借了4万，开了一家没有竞争的大码服装店。没想到她的店一开张，就引来了很多顾客，生意比预想的还要好，这是更藏卓玛没有想到的，也让她对未来充满了希望。

更藏卓玛从一个没有固定职业的单身女人变成了一个卖衣服的小老板，虽然经历了太多的辛酸和艰难，但她还是一路走了过

牧民的家

来。能够让她有事业有信心的是政府一次一次给她的扶持和帮助，因为有了她想都不敢想的帮助才让她走出了阴影。而且，因为有了政府的扶持和帮助，她才有安居之所能让儿子安心学习。正在上高二的儿子在德令哈高级中学上学，在班里成绩也是名列前茅的好学生，和以前相比，儿子变得开朗、阳光了，这让更藏卓玛感到无比欣慰。她说："政府为我谋划了更好的出路，如果我再不把生活过好，我就对不起政府，对不起生我养我的这片草原。"

王书记说："吉陇村有 65 户 235 人，建档立卡贫困户 9 户 25人，有几户因为文化程度低，自身动力不足致贫；有几户是因病

致贫。对于自身动力不足或是缺乏资金的，我们通过做思想工作让贫困户有动力，主动脱贫。"

吉陇村在整个舟群乡中，是属于集体经济发展比较好的村。2016年，他们用政府扶持的50万村集体经济发展资金和双帮扶单位帮扶的83200元，在西宁莫家街买了32.95平方米的商铺，一次性收取了6年的租金210800元。又从收回来的租金中拿出19万和双帮扶单位帮扶的10万，建了一个牦牛养殖场，买了145头小牛犊，交给村里有养殖能力的10户牧户养。吉陇村书记说："145头小牛犊一出栏就是收益。收益的钱一部分用于村里老弱病残的帮扶，一部分再放到集体经济中进行发展。我们的天峻有最美最肥沃的牧场，我们养了几辈子牛羊，每一户牧民都练就了一手放牧的看家本领，利用养殖业发展村集体经济，我们有底气，再通过传统养殖业发展收益的钱发展第二第三产业是我们的目标，我相信，不久的将来，我们过的就是小康的生活。"

在天峻县的采访过程中，我感触最多的就是所有生活在这里的人对草原的情感，这种情感就像草原一样纯朴、豁达。对牧户来说，草原是他们生活的根基，是他们赖以生存的力量源泉。对当地的扶贫干部们来说，草原也是他们的家，是让牧民群众过得更好的指望。不管是牧户还是扶贫干部，他们都在为草原努力付出，因此出现了62个县乡级的合作社联合社。这是一个奇迹，一个属于天峻县的奇迹。

牛羊少了，草场少了，
政府的扶持没有少

在天峻县织合玛乡多玉村才拉本家里，有一块海西州颁发给他的"2016 年度—2017 年度脱贫攻坚脱贫能手"的奖牌。说起他的脱贫经历，才拉本一脸的感激之情，他说："我的贫是政府帮我脱的，是政府扶持的结果。"

织合玛乡多玉村有 69 户 280 人，建档立卡贫困户 8 户，才拉本是其中的一位，他是因病致贫的，说起他的致贫原因，才拉本情不自禁地流下了辛酸的泪水。

才拉本是一个勤劳的人，是一名老党员，本来家里的生活还说得过去，因为妻子得了胆结石，在西宁武警医院做了两次手术，不但花光了家里所有的积蓄，还卖了牛羊，贷了银行的 4 万元贷款。

背着贷款，牛羊少了，草场也少，为了生活，才拉本只好给别人放牧，那时候一头牛给 1 毛钱，看了 5 年牛羊，有时候牛丢了或是死了还要赔，直到最后，所有的家底全部赔光，彻底成了贫困户。

才拉本是一名共产党员，有着多年的党龄，面对现实，他很纠结，党员是要充当先锋模范作用的，而自己现在不但没有起到一个共产党员的作用，更是落在了后面，拖了全村人的后腿。可是，自己能怎么办，没有多少文化，除了放牧，什么都不会做。

为了尽快脱贫，才拉本跑到天峻县城当小工，虽然很辛苦，一天也能挣到80元，比放牧收入要高一些。但是，天峻县属于高寒地区，施工期很短，没有几天小工可当，打零工没有保障，这让才拉本经常为生活发愁。

2015年，才拉本被评定为建档立卡贫困户。为了让才拉本一家彻底脱贫，政府扶持10万元，自筹1万元，按照异地搬迁政策在天峻县给才拉本一家解决了一套72平方米的房子，让他们住进了亮堂温暖的楼房。为了保障他们一家人的日常生活，又将才拉本聘为护林员，每个月工资1300元，一家3口低保户收入每月能拿到700多元。为了彻底脱贫，2016年9月，他参加了民族服饰裁剪加工培训。2017年通过小额信贷一万元和互助资金的帮助，购买了15头牛积极发展养殖业。他和女儿克服思想障碍和语言交流的困难，主动走出家门到天峻县第二幼儿园打工，女儿班玛措吉当保育员，每个月工资2200元。才拉本当保安，每个月也有2200元的工资，父女二人2017年的打工收入就达到了55200元。由于工作踏实努力，父女二人深得学校老师和家长的好评，小朋友们喜欢班玛措吉就像喜欢自己的家人一样。2017年，班玛措吉被天峻县第二幼儿园评为"优秀班组保育员"。而大病初愈的妻子也不甘落后，夏天到草原上采蘑菇、挖虫草，实现收入12000元。加上护林员的工资和草原奖补资金，一家人2017年实现可支配收入10.81万元，人均可支配收入达到3.6万元。

如今的才拉本过着和草原截然不同的生活，住楼房，有稳定的工作，生活发生了翻天覆地的变化，他从以前的无房户变成了

牧民们参加年终分红大会

一名生活在城市里、融入城市的城里人。面对现在的生活，才拉本总是充满了对党和国家的感激之情，他说："我是贫困户，我的牛羊少了，草场少了，但是政府的扶持没有少，他们看得见我们贫困户的难处，所以处处为我们着想。现在我的生活好了，我将

用我自己的实际行动告诉大家，有这么好的政府替你想着你的生活，你要是再产生'等、要、靠'的思想，就太对不起政府了。"他还说，女儿现在正在学习驾照，下一步准备买一辆小车，他要靠自身的努力，争取让家庭生活更好！

织合玛乡多玉村地处海拔 4000 米以上的草原，是一个藏族聚居村。2016 年之前，没有通村道路，基础设施相对落后，饮水问题没有得到解决，牧民吃水困难，出行和转场也因为交通问题没有得到解决，带来了极大的不便。村里的牧民大多以放牧为主，没有其他技能，增收渠道狭窄⋯⋯

牧民扎西加领到了政府发放的副食品价格补贴

所有的困难制约着村里的经济发展，为了彻底改变多玉村的贫困问题，来自国土资源厅的第一书记摸清牧民的所思所盼，发现牧民们在生产生活中遇到的难题，第一时间与各个单位沟通，落实了一条 18 公里的硬化路，改善出行条件；同时，积极为贫困户争取生态管护岗位，为村里的 7 户贫困户每户一人争取了林管员的工作，每个月

1200元的工资。还将一户中的一人安排到公益性岗位，负责县城的环境卫生，一个月1570元的收入，有了贫困户稳定脱贫、长期脱贫的保障；为了解决村民的饮水问题，还在村里打了5口水井，解决了群众吃水困难的问题；在西宁市购买商铺进行返租，给贫困户分红；建立标准卫生室，解决群众看病远的问题；购买母羊，由村里统一管理，年底为贫困户分红；修建了200平方米的村级服务中心，满足群众的文化娱乐需求……

在驻村扶贫工作中，第一书记还发挥地质矿产勘查优势，在织合玛乡发现一处日涌水量12000立方米、含锶类型的优质矿泉水水源地，很快联系自己的娘家单位，争取项目，并将水样送往相关部门进行检测。

第一书记为牧民做实事，很快就赢得了大家的信任和支持，虽然语言不通，但是牧民们能看到第一书记为大家谋生活、谋将来的心。后来，大家相互都熟悉了，再给牧民群众讲政策时，他们也会认真听，不会排斥。

一笔笔数字记录的是可歌可泣的脱贫故事，这是第一书记和驻村干部们付出心血和汗水的结晶。如今的多玉村，贫困户人均可支配收入已从2015年的2187元增加到2017年的16000元，而且，这个数字还在持续增长，这是大家努力脱贫攻坚的成果。而且，经过这几年的扶贫工作，改变村民的不仅仅是物质生活，更是思想上的改变，这样的改变是真扶贫、扶真贫。

我用麻花
编了一个草原梦

仁青多吉是天峻县快尔玛乡阳陇村的普通牧民。2009年，当大家还在盘算着自家的牛羊和草场的时候，仁青多吉和自己的妻子建起了一个合作社，专门做民族地区的食品，比如麻花、酸奶、酥油点心等，产品除了海西地区能买到，海北的刚察县、西宁的南山路都有他的经销店。

采访仁青多吉是在一个晴朗的下午，憨厚壮实的外表，黝黑的皮肤，带着高原藏族汉子的基本特征。因为之前还有采访的人，仁青多吉就一直在等，显得很有耐心。等到采访他的时候，他像一个小孩子，我问他什么他就答什么，好长一段时间的采访没有实质性进展，我只好和他唠起了家常，问他小时候的事情，问他生活的那片草原，最后，我们两个人的信任便建立了起来，他的话匣子也慢慢打开了。不得不说，作为一个牧民，仁青多吉在村子里起着先锋模范的作用，他那股子犟劲儿一上来，再困难的事情都能解决，再大的风浪都能扛过去。

仁青多吉的家庭就是一个普通得不能再普通的家庭，从小生长在高寒而多变的草原，练就了他一身壮如牛的好体格，跟着阿爸去放牧，学会了放牧的本事，帮着阿妈挤牛奶、打酥油，知道了牛奶的好处，虽然没上过几天学，但是仁青多吉好学、一看就会的本事却好像是从娘胎里带来的，比其他的孩子看得多，也学得多。

20世纪80年代的时候，牛羊的价格不但低还卖不出去，家里的生活变得拮据。父母亲习惯了草原的生活，每天都有母亲挤的牛奶、打的酥油，有香喷喷的糌粑，没有肉吃的时候，还可以杀只羊，这是他们的日常，也是他们祖祖辈辈生活的日常，他们觉得没有什么，然而仁青多吉却不这样想，他觉得，既然来到了这个世界，来到了草原，就应该好好生活，像模像样地生活。

仁青多吉自从有了这样的想法以后，每天都在想挣钱的事情，牛羊卖不出去，总要去做点儿啥，做什么才能挣钱呢？突然有一天母亲生病了，打不成酥油，就让仁青多吉去打酥油。打酥油的过程中，仁青多吉的脑子就开始不停地转动起来，对啊，可以卖牛奶，每天家里都会挤出来大量的牛奶，用不完就要打成酥油，不然牛奶就要浪费了。如果天天出去卖牛奶，既不浪费牛奶，还能赚到钱，把每一天的小钱都积攒起来，日子久了不就成大钱了吗？于是，他骑着家里的自行车开始了卖牛奶的营生。

仁青多吉的家离县城有 16 公里，每天早晨他都会把母亲挤的 20 斤牛奶装在大桶里，再装到自行车上骑到县城里卖，刚开始人们都不认识他，他的牛奶自然也没人要，他就挨家挨户吆喝着去卖。时间久了，大家都知道他家牛奶的品质，也喝惯了他家的牛奶，买的人越来越多，20 斤牛奶拿到天峻县城，一斤 5 毛钱，一个上午就能卖完。

仁青多吉说："我是天峻县城卖牛奶的第一人。那时候，很多人都固守在老观念里，觉得自己是牧民，就要放牧为生。遇到牛羊好卖的时候自然不说啥，遇到牛羊价格不景气的时候，生活条件就一落千丈。我的父母一辈子以放牧为生，家里的条件自然也好不到哪里去，可我就想让我的父母过好日子，想着我也能过上好日子，所以，我就想到了卖牛奶的活。每天我都要去天峻县城卖，下雨下雪都要卖，从来不敢耽搁。因为很多顾客喝惯了我家的牛奶，如果不送过去，顾客就喝不上我家的牛奶了。其实到后面卖牛奶卖到和顾客熟悉了以后，就变成了一种责任，我要对我的顾客负责，不能辜负了顾客对我的信任。"

作为第一个尝试蛋糕的人，仁青多吉自然也能挣到钱。一年以后，鸟枪换炮，他卖牛奶的工具变成了一辆二手摩托车。从此以后，他开始用摩托车卖牛奶，家里以前只有 12 头母牛，他又买了几头，慢慢地生意越做越大，他的牛奶的名气传到了县城之外，于是，他不仅在县上卖牛奶，还把他的牛奶铺开到了德令哈。而他的奶牛数量从一开始的 12 头变成了 120 头，他也靠着自己的能力娶妻生子，有了一个幸福的家庭。

经商的甜头越尝越上瘾，他在闲暇的时候也会跑到发达的城市去看看，走的地方多了，眼界也宽了。2008年，他看到外地的一些农村通过合作社这个平台做生意，他就开始了解合作社，考察了很多地方，真正了解了合作社的好处以后，他就想着组建自己的合作社。2009年，他组建的天峻县吉祥天畜产品营销专业合作社正式挂牌，紧接着，他又成立了吉祥天牦牛养殖场，从村里雇了四五个家庭贫困的妇女给他专门挤牛奶。同年，仁青多吉得到县畜牧局的支持，给了他8头野牦牛进行繁育。这对仁青多吉来说，是锦上添花的事情。合作社刚刚起步，他自己对将来也有了新的打算，这个时候，能够得到天峻县畜牧局的支持，是对他的信赖，他只有把这件事做得更好，才能对得起政府的支持和信任。那一年，他的吉祥天牦牛养殖场得到省畜牧厅认证。从此，只要是天峻县的牦牛调往外地，他的牦牛一定在选定之中。第一年，从他的厂子里调了600头牦牛，全部经过兽医站检疫鉴定。这一次，政府给了他6万元的奖励。第二年，调了800头，政府奖励了8万元。

第三年，天峻县建了一个规模更大的牦牛养殖场，而仁青多吉面临着更多的抉择，自己文化水平有限，根本赶不上现代化养殖业的需求，如果自己继续往前走，会很吃力，如果退出，自己能做什么呢？仁青多吉陷入了深深的思考。

从小在草原长大的仁青多吉没有上过几天学，如果让他跟着大家学习现代化的养殖业，无论如何他是做不到的，没有知识根底，这件事比登天还难。他从 20 世纪 80 年代开始卖牛奶，现在他的商铺已经开到了西宁、德令哈、刚察县，如果继续走下去，他会做得更好。于是，他选择了放弃，选择了知难而退，选择更在行、更有把握的事情来做。

2015 年，仁青多吉成立了吉祥天麻花加工厂，把自己的商业阵地从牧场转到了县城，开始从事民族特色食品的加工和生产。除了正常的牛奶生意之外，在加工麻花、酸奶、酥油点心时也需要用到大量的牛奶，为此，他和村里的牧民签订协议，每天收购他们挤的牛奶，按照市场价和牧民结算。这件互惠互利的事情很快得到了牧民的响应，他们每天都会把挤出来的多余牛奶放好，等着仁青多吉的车来收购。除了帮扶本村和外村的很多牧民，仁青多吉对本村的贫困户还进行了帮扶。2015 年年底，快尔玛乡阳陇村评定了 8 户建档立卡贫困户，仁青多吉便把这 8 户中有劳动能力的人全部收到他的工厂，刚开始每个月工资 1000 多元，由于他的民族产品加工销路好，厂子的效益也越来越好，现在，厂里的工人每个月的工资已经达到 2000 多元。

2016 年，天峻县扶贫办扶持资金 20 万用于仁青多吉厂房的扩建。2017 年，由于产品畅销，县扶贫办又扶持资金 50 万元用于再扩建。想着如今产品畅销，自己加工厂的品种也要逐步增加，厂房面积已经不能满足实际的需求，因此，仁青多吉经过几次勘查后买了地，新厂房的修建已经在进行中。他说："我的成功有自己的努力，更脱离不开政府的扶持，现在大家都在编织中国梦，我是天峻人，生长在这个地方，我用麻花编了一个草原梦。"

政府扶持仁青多吉，仁青多吉除了每个月发放到贫困户手里的工资之外，通过给贫困户提供就业岗位、每年给村里的每一个贫困户1000元钱、年底给自己厂子里打工的贫困户每人1000元的扶持资金，一年给贫困户的现金就达3万多元。按仁青多吉自己的话说："我们都是草原的兄弟姐妹，困难了拉一把是应该做的，也必须要做。"

2018年，仁青多吉的女儿考到了天峻县扶贫办，成为一名扶贫干部。仁青多吉说："丫头成了一名扶贫干部，我打心底里高兴，在自己的家乡为家乡的百姓做一些事，这比我开麻花厂还高兴，比自己挣钱还高兴。"

总书记来了，很多人流下了感动的眼泪

2010年8月22号，对格尔木长江源村来说是难忘的一天。这一天，习近平总书记不顾舟车劳顿考察长江源村。这一天，村民早早就穿了盛装，等待着习近平总书记的到来。65岁的长江源村老书记更尕南杰说："等待的过程是漫长的，我一直在看表，心情一直很激动，很紧张。"

长江源村

到了下午快5点的时候，习近平总书记来了，村民献上洁白的哈达、切玛、青稞酒，表达对总书记最隆重最热烈的欢迎。老书记更尕南杰给总书记讲解了长江源村的情况，听完汇报的总书记走到村民申格家，在他家中，总书记同他们拉起家常，了解一家人的收入、工作、学习情况。申格告诉总书记："生态移民之前，我们住在三江源自然保护区内，那里海拔4700米，住帐篷、睡地上，点的是羊油灯。搬迁后，住上了国家盖的新房，睡在了软床上，家具家电也齐全。党的政策特别好，生活很幸福，提前圆梦了。"总书记听到后高兴地说："你们的幸福生活还长着呢，希望你们健康长寿。"

最让老书记更尕南杰记忆深刻的是，总书记在广场上接见了所有的村民，之前大家都不相信，现在总书记真的就来了，而且还和大家一一握手，所有的村民手里都拿着哈达欢呼"扎西德勒"，很多村民流下了感动的眼泪。

老百姓的眼泪是真诚的，老百姓的热情也是真诚的，他们的眼里，习总书记是最大的领导，每天有很多事需要去解决，而他们是曾经住在唐古拉山最不起眼的贫困牧民，习总书记都想着他们，他们能不激动吗？对长江源村的所有村民来说，他们有着不堪回首的过去，如今政府给了他们最贴心的扶持，帮助他们过上了幸福的日子，他们怎能不欢欣鼓舞、载歌载舞呢？

长江源村隶属格尔木市唐古拉山镇，地处长江源头沱沱河畔，平均海拔 4700 米，有的牧民住在风火山一带，海拔 5100 米，是青海省海拔最高、气候环境最恶劣、生态最脆弱的地方。一年四季的饮食除了牛羊肉之外，只有酸奶、糌粑，从大山里走到公路边要走一天的路程，到公路边走一天一夜才能到格尔木和沱沱河。高山牧场生态脆弱，牧民们居住分散，一家与另一家有四五公里甚至更远的距离，刮风下雪就是一顶走风漏气的帐篷，没有一个遮风挡雨的固定港湾。牧民们即便想盖个房子材料也运不到大山里，何况还没有买材料的钱，祖祖辈辈过着风雨飘摇的游牧生活。

老书记更尕南杰说："1985 年 10 月，唐古拉山发生特大雪灾，很多牲畜都冻死了，从前有 13 万头（只）牛羊，大雪之后剩下不到 3 万头（只）牛羊，有的牧民家里牲畜几乎全都冻死了。那时候大家都等着救援，可是因为交通不方便，救援队伍来的时候已经是半个月以后了，大家把牛羊都宰了，集中到沱沱河地区。我们家的 100 头牛和 500 只羊幸存了下来，看着牛羊在那么大的雪灾里活了下来，实在不忍心屠宰它们。第二年，草原上的草长得好，就这么挺过来了。但是，很多牧民家里没有了牛羊，生活来源就没有了，日子过得很艰难。为了帮助大家渡过难关，1987 年，我们这些有牛羊的人家给没有牛羊的人家捐赠，我一共捐了 50 头牛和 100 多只羊，但还是没能改变很多家庭的贫困现状，好多牧民家里穷得只有一顶破帐篷。真的是牧民头上有两把刀，一把是白毛风，一把是大雪灾，刀刀都能要牧民的命。"

2004 年 11 月，为了保护三江源，保护中华水塔，国家出台政策，让唐古拉山镇 6 个行政村 128 户 407 名居住分散的牧民群众搬迁到格尔木市南郊居住，更名为今日的长江源村。没有牛羊和牛羊少的牧民积极报名一次性搬迁了下来，另外一部分有牛羊的牧民舍不得牛羊，不愿意搬迁，并且他们已经习惯了游牧的生活方式，依然守护着草原，守护着那片生活了很多年的唐古拉山。

搬迁下来的牧民住在政府统一盖好的房子里，每一户住房面积 62.2 平方米，带一个 300 平方米的独立院子。刚搬下来的牧民每年有 6000 元饲料草料补贴、2000 元的燃料补贴，15 岁以下的孩子、55 岁以上的老人每人每年有 3000 元的生活困难补助。政府都尽量考虑所有移民下来的牧民们的难处，让他们在生活有保障的前提下熟悉新的环境，适应新的环境。然而，刚刚搬下来的一些牧民不但无法适应城市的生活，而且对饮食也极不适应。老牧民说蔬菜是草，是牲口吃的，不是人吃的。从草原上刚刚搬下来的扎西，以前吃肉都是吃自家养的牛羊，不花钱，但在城市居住，吃肉就要花钱，这让扎西心里多少有些不舒服。劝他吃一些蔬菜，他就是不吃。在草原上，他家的牛羊都是吃绿色的草，现在这些草成了人吃的食物，他非常不习惯。索南一家也是如此，以前自家有牧场，在草原上生活自由自在，现在搬到城市里，不但语言交流有问题，到商店里买东西人家都不知道自己说什么，只能用肢体语言比画着说，一点儿也不自在。还有才仁一家，一辈子没有离开过唐古拉山。以前自己在草原上随便上厕所，在城市里生活不认识文字，连个厕所都找不到，随便在大街上大小便，迎来很多人的歧视，让他无法融入这个城市。卓玛以前在草原上是一个煮肉做饭的能手，但是到了格尔木，她才知道自己只会煮个肉而已，烹饪是一门学问，有很多蔬菜，可以炒着吃。小扎西和家人搬到城市以后很高兴，毕竟他是个十七八岁的小青年，融入城市生活要比其他牧民快得多。他喜欢城市生活，喜欢忙忙碌碌的城市人，在家里待了没多长时间就想出去打工。但因为语言等一系列问题很多单位都不敢要他，镇政府和村班子协调，给小扎西一样想出去打工的人介绍一些工作。出去打工的村民多了，收入也高了，融入城市的机会也多了。也有一部分牧民，刚搬下来的时候比较闲，没事的时候就喝酒、闹事，民族团结、社会稳定都面临着新的问题，经过政府长时间的引导和扶持，大家相互之间都熟悉了，酗酒闹事的就少了。为了牧民尽早融入城市，每年政府都会组织一批又一批烹饪、电焊、汽车修理、美容美发的技能培训，尤其是烹饪培训，对大家饮食习惯的改变起到了很大的作用，很多人学会了炒菜，在自己家里做一桌丰盛的饭菜都不在话下。

搬下来的牧民遇到了很多困难，每一个牧民都面临着对新生活的挑战，但是他们挺过来了，以前的生产生活习惯也逐渐在改变，融入了格尔木，融入了这个城市。由于搬到城市的牧民生活有保障，政府的扶持力度也很大，所以很多牧民都相继搬了下来，搬下来的牧民享受同等待遇。而且，随着生活水平的提高，燃料补贴从原来的 2000 元变成了 3000 元，对孩子和老人的生活补贴从原来的每人 3000 元变成了现在的每人 5600 元。2011 年，国家发放草原生态奖补资金，禁牧恢复草场生态，按草场和人均分配奖励，人均能拿到两万多元。

曾经的唐古拉山镇 6 个行政村 128 户 407 个居住分散的牧民群众，现在已经发展到 247 户 572 人。近年来，格尔木先后投入3000 余万元加大对长江源村基础设施建设的力度，不但改善了牧民的居住环境，而且水、电、路等基础设施一应俱全，设有长江源民族学校、村卫生室、村委会等，长江源村的村容整洁，村民整体素质有了提高。对生活相对贫困的牧民，政府安排草原管护员 173 人，守护草原，落实草原管护制度。草原湿地管护员 29 人，每人每月 1800 元的工资。村主任扎西达瓦介绍说："村里基础设施不断升级的同时，村民的收入也在不断增加。2017年，村民人均收入达20943.3元，比2004年刚搬下来时增加了近10倍。"

2011年，海西州政府实施游牧民定居工程，牧民定居在格尔木长江小区260户，沱沱河镇420公里处有自带院子的65户，牧民自筹部分资金，70平方米交5000元，60平方米交3000元。如今，三江源生态保护移民工程和游牧民定居工程两个项目，基本上覆盖了该镇的所有牧民。

经过十几年的搬迁融入，长江源村的老人们逐步适应了现代化的城市生活。以前，30岁以上的人都没有上过学，入学率不到50%，从2006年开始，长江源村的各项社会事业也取得了显著成效。农村牧区新型合作医疗参合率达到100%，养老保险参保率达到100%，适龄儿童入学率也达到100%，实现了"两不愁三保障"。现在每家每户都有车，有的人家有好几辆车，有摩托车、皮卡车，出去玩有小轿车。尤其是村里的藏族年轻人，他们接受新思想快、头脑灵活，大部分靠学习技术走上了就业创业的道路，还有一部分年轻人靠民族才艺表演走出了格尔木，走向了更广阔的天地。

2016年，长江源村作为贫困村，产业发展资金政府扶持基金217500元。2017年，政府扶持50万。如今，长江源村的300亩耕地租赁费、牛羊育肥基地租赁费、藏毯厂租赁费、公交站租赁费、扶贫产业园分红等集体经济收入达到23万元。现在村里最明显的变化就是硬件设施越来越齐备，新建了景观大门、民族文化长廊、化粪池等，改造了村里道路及下水管网，实现了电网入地。2018

年，开始修建天然气管道，目前已经完成了全村 50% 的天然气管道入户工作，等到春暖花开天然气通了，家家户户就可以用天然气做饭了，既干净环保又方便省钱。

习近平总书记考察长江源村时说："你们的幸福生活还长着呢！"如今，长江源村牧民的日子越过越好，幸福的歌声就像长江源的水，滋润着的不仅仅是长江源村，还有很多守护着草原的牧民。

国家政策好，
我们才有了好日子

风火山，又名隆青吉布山，位于可可西里"无人区"，海拔5000 多米，这里的氧气含量只有平原地区的一半，夜晚最低气温在 -40℃以下，这里没有一年四季，自然条件非常恶劣，是真正的"生命禁区"。这里曾经住着一家人，他就是唐古拉山镇的牧民闹布桑周和他的父母亲。

闹布桑周的父亲原籍在西藏，因为西藏生活不如意，便来到青海发展，在青海遇到了他的母亲，便停下了漂泊的脚步在唐古拉山镇的风火山牧场定居了下来。闹布桑周的父亲毕竟是见过世面的人，也见过一些藏族人把孩子送到大城市的学校，让孩子们学知识，过着牧区孩子想象不到的生活。

1985年，唐古拉山地区发生特大雪灾，家里的牛羊死了一大半，将本来就过得艰难的生活推到了更加艰难的境地。那时候的闹布桑周才5岁，在他的记忆里，深深的大雪能把自己埋了，一头头牛躺在雪地里一动也不动，一只只羊和雪地融为一种颜色，都分不清哪个是雪，哪个是羊。生活再艰难，闹布桑周的父母都没有亏了自己的孩子。据母亲后来的讲述，那时候日子真的过不下去了，每天吃糌粑都吃不饱，过了一年，政府施行"包产到户"的政策，愿意放牧的可以继续放牧，愿意移民的可以移民，父亲想了很久，最后还是决定离开草原。他觉得自己在草原过了半辈子艰苦生活，不能让自己的孩子也跟着过这样的生活。于是，他们卖了所有的牛羊，离开了草原，到沱沱河发展。

在沱沱河，父亲送他上学，自己做一些小本生意，一晃十几年过去了，他又有了两个妹妹，一家人的生活比在风火山放牧时好了很多。那时候，每逢寒暑假，闹布桑周就跟着父亲做生意，一年的收入也有他努力的那一份，他心里特别开心。日子叠着日子过，家里也有了一些积蓄，父亲便买了一个铺面，开了一家专门做藏餐面食的饭馆。

闹布桑周说："沱沱河的那十几年，是我们一家艰苦又快乐的日子。开始的时候，父亲摆摊做生意，啥赚钱就做啥，到后来，有了自己的铺面，就开始开饭馆，父亲在沱沱河待久了，认识的人也多了，再加上母亲做饭好吃，自己家饭馆的生意越来越好。父亲和母亲很能吃苦，早晨早早起来开始置办饭馆一天的伙食，晚上很晚才回家。尽管父母亲很忙，但是他们绝对不占用我和妹妹们的学习时间，父亲说，'有了知识，才能长见识；有了见识，生活才能过得好'。"

1993 年，闹布桑周上初中，父亲便把他寄宿到格尔木的亲戚家。在学校里，闹布桑周把心思全部用在贪玩上，虽然父亲把他送到了教育质量比较好的学校，他却没有好好学习，初中毕业后没有考上高中，只好又回到沱沱河跟着父亲做生意。1997 年，父母给闹布桑周买了一辆汽车让他搞运输，同年，闹布桑周结婚有了自己的家，没过两年，便有了自己的孩子。

2004 年，为了保护三江源，保护中华水塔，政府开始实施三江源生态保护移民工程，父亲踊跃报名，搬到了格尔木三江源村，有 60 多平方米的房子，有自己的院子，一年还补助 6000 元，一家人高高兴兴安顿了下来。

在唐古拉山镇过惯了游牧生活的牧民，一辈子没有走出过大山，生活模式的彻底颠覆和对新环境的陌生，使很多人不愿意搬到格尔木，他们宁愿住在大山里，宁愿在高寒地区过着贫穷的生活。但还有很多和闹布桑周的父亲一样的牧民，他们见过世面，他们知道格尔木的生活环境要比大山里好很多，对移民到格尔木大力支持。他们搬到格尔木以后，很快适应了新的生活，并为了更好的生活开始寻找出路。闹布桑周一家就是一个典型的例子。

自从搬到格尔木，闹布桑周就跟着自己的父亲开始跑生意，承担一些小工程。闹布桑周从小跟着父亲做生意，脑子灵活，喜欢结交朋友，他的生活圈子越来越大，不但做一些小生意，还和父亲一起跑工程，拓展人脉，把自己的事业做得风生水起。

每一个家庭都有难念的经，每一个家庭也总会遇到需要面对的困难和艰辛，闹布桑周一家也不例外。2008 年，父亲去世，对闹布桑周一家来说无疑是晴天霹雳，他一度痛苦不堪，没有勇气面对。闹布桑周从记事开始就跟着父亲做生意，跟着父亲东奔西跑，父亲让他做什么他就做什么，他习惯了听从父亲的安排，习惯了跟在父亲身后忙碌。如今，父亲没有了，自己的主心骨没有了，这个家的支柱没有了，闹布桑周变得迷茫，变得不知所措。但是，家里上有老母亲需要照顾，下有妹妹、妹妹的孩子、妻子和三个孩子，上上下下十口人都需要他，闹布桑周只能强行让自己振作起来，努力投入到打工的行列中。

2011 年，国家禁牧恢复草场生态，发放草原生态奖补资金，按草场和人均分配奖励，闹布桑周一家人均能达到两万多元。2012 年，他们一家补了 18 万元，母亲和三个妹妹补了 18 万元。有了这些钱，闹布桑周的胆子也大了，想做生意的野心也从他骨子里渗了出来。他看准了格尔木的土特产，格尔木日照时间长，很多特产质量高，已经形成了品牌，只要有资金，有人脉，不可能没

青海省扶贫开发局领导调研海西州易地搬迁工作

有钱赚。果不其然，自己通过朋友帮忙，做特产生意，赚了个盆满钵满。

好事一桩接着一桩。2013 年，党政军企共建项目，国家掏了一部分钱，闹布桑周自筹了 58 万，投入到沱沱河的门面房建设中。闹布桑周是第一家盖门面房的人，他在父亲原来门面房的基础上，又盖了 6 间门面房。新的门面房建成后，按照当时签订的合同收房租，一年房租 3 万元，到 2017 年，一年的房租收入就有 12 万。

闹布桑周说："我们家以前在风火山，那时候我只有 5 岁，虽然对那个地方没有记忆，但我知道风火山那个地方真的很艰苦，我的父母亲在那里度过了最艰难的岁月，如果不是 1985 年的那场特大雪灾，可能我们一家人至今还在那个地方生活。后来到了沱沱河，再后来搬到了格尔木，我们赶上了国家的扶持政策，国家给我们盖房子，给我们补助资金，正因为国家想着我们，出台了好政策，我们才有了今天的好日子。现在想想这一路走过来的日子，我们曾经只是淹没在唐古拉大山里的牧民，那时候也只有128户407人，400多人，和我们国家的十几亿人口比，都可以忽略不计，但是，国家就想着我们，习主席还来看我们，看我们生活得好不好，这样的恩惠我心里记着，我们所有长江源村的牧民都记着。"

2014年，闹布桑周的母亲在空地上自建了一套5间140多平方米的房子，现在他的几个妹妹都有了自己的工作，大妹妹在乡政府当合同工，其他的两个妹妹，一个开了家服装店，另一个专门看大妹妹和小妹妹的孩子。看着母亲盖了新房，闹布桑周也开始谋划起来，大姐和小妹自己的孩子都大了，政府盖的60平方米的房子也不够住了，生活越来越好，自己的居住环境也应该改善了。2015年，他也和母亲一样，在空地面积上花了76万盖了一个二层的小楼，纯藏式风格的客厅，落地的窗户，装修花了十几万，现在一家人住在这二层小楼里，一点儿也不拥挤了。而闹布桑周的生意做得也越来越上手。他说："2014年冬天，我带着一家人到西藏朝拜，回来的时候，家里的首饰、家具全部被小偷偷走了，虽然心里很不舒服，但也觉得没有什么，你们可以偷我的东西，我也有本事挣回来。"

从唐古拉山搬迁过来以后，闹布桑周和很多牧民的生活方式变了，观念也都变了，最主要的是对孩子的教育问题，他们也有了自己的看法。他们觉得，孩子要学知识，还要把孩子送到好学校去学知识。我想这应该是除了物质方面的改善之外，在思想层面上一个很大的转变。

　　位于可可西里无人区的风火山山体呈红褐色，十分醒目，好像被烈火焚烧了无数次，在可可西里地带堪称一绝。风火山在地球的年轮中沉寂了亿万年，曾经在这里生活过的牧民也沉寂了几十年甚至几百年，现在他们已经从大山里走了出来，过上了现代化的生活。我想，很多年以后，人类在这片土地上的经历，在"世界屋脊"上的岁月将成为历史和记忆。

守护草原，
已经成为我生活的一部分

　　在连绵叠嶂的阿尔金山以南、白雪皑皑的昆仑山脚下，流传着这样一个美丽的传说：羌人部落头领唯一的掌上明珠尕斯姑娘遇到了在苍茫之崖休整的张骞，两个人深深相爱。但由于张骞要趁匈奴内乱回长安复命，不得不放弃儿女情长带着深深的愧疚和遗憾挥泪告别尕斯姑娘踏上归途。张骞走后，尕斯姑娘茶饭不思，整日以泪洗面，不是在帐篷里哭泣，就是站在草原的高处翘首以盼，盼望张骞出现在她的眼前。部落里的女人们被她忠贞不渝的爱情所感动，都流下了惋惜和同情的泪水。后来尕斯姑娘相思成疾，离开了人世，尕斯姑娘和部落女人们长年累月流出的眼泪，在草原深处汇集成了一个大湖，人们称她为尕斯湖，大湖周围的草原叫尕斯草原。千百年来，部落的人们细心守护着这片富饶的草原，在这里繁衍生息。

这片草原就是海西州茫崖市花土沟镇的岗茨村、代尔森村和莫合尔布鲁克村的所在地，是以放牧为生的纯牧业村。3 个村拥有草场 526 万亩，蒙古族占总人口的 98%。2006 年的时候，牧民人均收入达到 3320 余元，是远近闻名的富裕之乡。

这里的村落守着草原世代沿袭，继承和保留了原始部落待人接物的传统习俗，热情而又真诚，而物质生活优越的他们对这片草原的情感就像泪水汇聚的尕斯湖，纯粹又真诚。

守护，是一件说起来简单、做起来很难的事情。在这人迹罕至的地方，背负着祖辈对这片土地的承诺，一代又一代走到今天，他们经历过雪灾，经历着多变的气候，经历着草原水土流失、生态恶化的现实，他们经历了从旧社会走到今天的风雨历程，他们见证了从贫苦生活到幸福生活的蜕变。这是一个难以忘怀的记忆，是一段刻骨铭心的经历。

代尔森村的蒙古族牧民代青和土巴特是 20 世纪 70 年代的人，虽然有草场，有牛羊，还有政府的草原奖补资金，但是，他和土巴特创业的冲动却一直没有被富裕的生活削弱。

代青是一个很有想法的蒙古族牧民，生活富裕的他有机会就到外面去看看，他看到了发达地区人们的生活，看到发达地区农村的村民利用当地资源优势开发的农家乐。看到外面红红火火的日子，代青那颗蠢蠢欲动的心按捺不住了。茫崖是什么地方，那里住着千千万万个石油人，他们的业余生活单纯而无趣，平时没有更多可以娱乐的地方，如果开一个牧家乐，把蒙古人的特色优势发挥出来，那挣钱不是分分钟的事情？想到这里，代青兴奋了，他找到土巴特一起商量这件事，两个人一拍即合。2014年，他们投资120多万，修建了固定的蒙古包两个、房子6间、流动蒙古包3个，还建了3个供客人休闲的鱼塘，带动村里39户牧民开了当时唯一的一家牧家乐，挖掘他们经商的第一桶金。

想法好，机遇好，带来的利益也是可观的，代青的牧家乐很快传遍了花土沟镇的角角落落，尤其是他们的羊系列餐宴受到了顾客的好评，前来游玩的人越来越多。

代青，一家四口，有两个女儿，一个在内蒙古上大学，一个在陕西上大学。他家有900多只羊，雇人放牧，草原奖补资金每年有5.5万，收入加起来每年有40多万，住的是牧民定居点300多平方米的别墅，有两辆汽车，一辆供草场转场搬家用的皮卡车，一辆小轿车。代青家的生活水平并不是最好的，3个牧业村大多数村民的生活条件基本差不多，他们早就过上了安居而幸福的小康生活。

牧民在那达慕上参加搏克比赛

布日格德也是一个很有想法的蒙古族牧民，他利用花土沟的地理位置和资源优势，投资 500 万元，成立了雄鹰绿色养殖有限公司。他有牛 200 头、骆驼 200 峰、马 100 匹、羊 600 只，牛羊供给油田的职工，马和骆驼供到新疆，每年的收入达四五十万，生活非常富裕。

对代青、土巴特、布日格德来说，他们利用资源优势，为其他牧民致富起到了带头作用，也让我看到了新一代牧民群众守护草原的另一种方式和希望。代青说："我从小生活在这片草原上，守护它，已经成了我生活的一部分。"

除了牧民的努力，政府也对 3 个行政村给予了大力的扶持。根据花土沟地区牧业人口少、牧民长期定居地点较为集中的实际，

2009年至2010年，投入2200余万元，分两期完成了具有浓厚民族特色的60套牧民新居项目、牧民新居村委会项目、牧民新居休闲广场项目，改善了该区3个行政村居民居住条件及村容村貌。结合"党政军企示范村"活动，完成了10套小康型标准化住宅主体工程的建设、G315国道至莫合尔布鲁克村油路、岗茨村两座配套桥梁建设和莫合尔布鲁克村通村油路的建设等，改善了3个建制村牧民的出行交通条件。通过牧民新区建设，改善了3个村的牧民居住条件。

在莫合尔布鲁克村，牧民感触最深刻的就是一心为他们着想的第一书记，虽然莫合尔布鲁克村村民生活富裕，已经过上了小康的生活，但是第一书记上任以后经常走访党员群众，倾听群众意见，明确发展思路，解决实际困难，想牧民所想。

莫合尔布鲁克村地处花土沟镇西南方约30公里，与新疆若羌县铁木里克乡草场接壤。经过了解，第一书记陈得忠发现莫合尔布鲁克村牧业生产仍然以粗放式经营为主，产业层级水平较低。他和牧民坐到一起为村里的长远发展做谋划，为牧民们出主意、想办法，寻找牧业增收的新途径。

经过激烈的讨论后，大家有了一致的意见，为村里的合作社建一个冷库。因为有了冷库以后，村里的牛羊就可以经过合作社集中屠宰和销售。他把牧民的想法整理后报到镇党委，得到了支持。如今，冷库建成了，牛羊屠宰减少了流通环节，增加了牧民的收入。

莫合尔布鲁克村作为典型的牧业村，牧民一年中的大部分时间都在草原，为方便牧民办事，第一书记将个人的联系方式公布到每家每户。还经常深入牧区，记录牧民需要代办的事项，每周五带到镇上进行集中办理。缴纳保险金、购置油料、采购生产用具等都是陈得忠日常代办的事项，牧民群众足不出户就能将想办的事办了，陈得忠成了牧民心目中"闲不住的人"。

牧民巴图说："生活在草原的我每次缴纳保险金都头疼，语言不通，又不识字，很多程序也看不懂，陈书记来了以后，主动帮我办缴纳保险金的事，解决了我的大难题，我现在一看到他就高兴，就像是自家人来了。"

茫崖镇3个行政村的牧民虽然都走上了富裕的道路，但是他们仍然享受着党和政府的扶持和关怀。如今，家家户户住楼房、有皮卡车、小轿车，在信息化发展迅速的今天，他们利用高科技看到了外面的世界，也为他们守护的草原带来了更多的第二、第三产业发展。他们虽然过着富裕的生活，但是他们未雨绸缪，用自己勤劳的双手创造着更加美好幸福的生活。

天苍苍，野茫茫，风吹草低见牛羊。秋天的代尔森草原依然保持着它优美的风姿，尕斯湖就像一只美丽的大眼睛，看着美好的今天，憧憬着希望的未来。

我们早就
过上了小康的日子

　　有人说，大柴旦是柴达木精神的发祥地。我是带着一颗敬畏之心走进大柴旦的。这里有很多让我崇拜的人，20 世纪 50 年代的时候，他们在恶劣的气候下，在艰苦的条件下，创造了柴达木发展史上一个又一个奇迹。不过，今天我不寻根关于柴达木工矿的发展痕迹，我想知道这片土地上农牧民的生活现状。

柴旦村村貌

柴旦村是1993年从德令哈市怀头他拉镇搬迁安置到大柴旦的，是以蒙古族为主的纯牧业村，全村草原面积523万亩，牲畜存栏4.2万头（只），其中，绒山羊两万，占总牲畜的48%，全村牧户数91户，304人，牧民党员49名。现村属生态畜牧业专业合作社1个，现种植养殖专业合作社3个。2017年末，牧民人均可支配收入达到2.9万元，户均收入达到40万。个人收入除了草原奖补资金、传统畜牧业、畜产品加工业，还有近几年刚兴起的旅游业。

大柴旦不但地理位置特殊，还有着悠久的历史，早在两万年前的旧石器时代，已有人类在这里生息。这里高山纵横，盐湖遍布，地质结构和土壤结构复杂，是天然的盐碱地牧场。极好的成矿条件使这里的牧草矿物质丰富、含盐量高。牛羊喝的是矿泉水、吃的是被盐湖水滋养的天然牧草，有着肉质鲜美、矿物质含量远高于普通羊的特点。

和很多牧民一样，牧民傲日格力自德令哈迁到大柴旦以后，过着单一的游牧生活，但是，他有着和其他牧民不一样的想法，他知道从这里出栏的牛羊的特色，一直想着如何利用当地的优势将自家的羊品牌打出去。

机会永远留给有准备的人，当合作社的发展模式在草原上兴起之时，傲日格力也看到了机遇，在一番精心的谋划和准备之后，柴兴合作社正式成立。他首先将自己的草膘羊进行了归类和调整，然后形成了牲畜的养殖、畜产品加工为一体的发展模式，利用合作社这一平台，轻轻松松将大柴旦草膘羊的品牌打了出去，并得到了较好的收益。经过几年的发展，柴兴合作社的经营已经远远超出了他自己当初的预想。于是，他又把朋友和亲戚拉到自己的合作社，联合经营，共同发展。如今，他的柴兴合作社销售渠道稳定，资产已经达到300多万，发展前景也比较可观。

生活在柴旦鱼卡地区的牧民红卫东不但利用资源优势发展养殖业，还发展饲草种植，并成立了彩虹合作社。到目前为止，他的个人资产已经达到700多万。还有3户牧民看到这两年柴旦地区旅游业呈井喷式发展，利用夏天草原最美的季节，开始做蒙古包民俗餐饮业，一个夏天，两三个月的时间，收入就是一大笔。还有很多村民，用自家的鲜奶、牛羊肉做成酸奶、肉制品拿到景区卖，也有不少收入。

在柴旦村，我们看到的是所有牧民积极致富的精神状态，他们虽然都过上了富裕的生活，但是，他们从来没有停下脚步安享其成，而是不断寻找契机，为自己谋划更好的将来。他们也知道，想要有更好更大的发展，必须要有知识，因此，他们对教育的重视程度很高，不但入学率达到100%，而且对上高中、上大学的孩子都有奖励。这些措施不但提高了孩子们的学习兴趣，也让孩子们走了出去，长了见识。很多孩子大学毕业回来积极投入到家乡的建设中，形成了良性发展的模式。

柴旦村是一个镇中村，走进柴旦村，干净整洁的院落一排排坐落在戈壁的小镇上，高原特色的红柳、白杨树等植物依村而种，整个村子被绿色环抱着，让人有一种不在戈壁的恍惚感。村

柴旦村牧民家

里的牧民都想着怎么挣钱，怎么过好自己的生活，有了政府的扶持，大家都把眼光放远了。村民达布西力图说："2009 年，游牧民定居工程项目政府给我们盖了房子，一共有 89 套，我们自己筹款60%。房子的基础设施都是按照现代化需要修建的，比如水厕、新能源项目安装的太阳能热水器等，家家户户有院子、车库，也可以像城里人一样在家里洗澡。"

从 2016 年开始，大柴旦的旅游事业如日中天，水上雅丹、魔鬼城、星空基地给牧民带来了新的收入增长点，很多牧户开起了家庭宾馆。牧民巴图两口子把自家的北房让了出来当家庭宾馆，自己住在西房，巴图说："每年 6 月到 8 月是旅游最旺的季节，我的家庭宾馆天天都是爆满的，三个月，收入可以达到两三万元，这也是一笔可观的收入。"

近年来，柴旦村结合开展"党政军企共建示范村""统筹城乡一体化"活动和"创建全国民族团结进步先进州先进村"工作为契机，大力实施民生工程建设，通过项目实施和政策扶持，全村牧民实现定居，水、电、路、通讯、绿化、亮化、村级组织活动室、群众文化广场、卫生室等全部覆盖，村容村貌发生了翻天覆地的变化，牧业经济发展活力明显增强，牧民群众生产生活水平大幅提升。

村委会主任保克说："这两年，政府对我们的关心看得见、摸得着，游牧民定居工程让我们住在了大柴旦镇，孩子们有学上，大人们有工打，村子变得干净整洁，走在村子的小道上都是一种享受。2016年，政府投资500万元实施人工草地灌溉项目；2017年，给我们建起了移动基站信号塔，我们在草原深处放牧手机都有信号，可以随时随地和家人联系。还投入20万元修了牧道，我们都可以直接把车开到草原。现在，我们村的很多牧户都转成了城镇户口，真正当起了城里人。"

村委会书记达布西力图说："牧民观念的转变是我们柴旦村发展的动力，多年来，政府的扶持和关心，让大家一步步从传统的畜牧业里走出来，发展第二、第三产业，很多牧民享受到了牧区经济转变带来的红利，意识到除了放牧，还可以做其他的事情。而且随着生产生活发生的天翻地覆的变化，牧民们的生活质量得到很大提升，他们不再将自己的生活限制在草原、蒙古包、奶茶、酥油、糌粑、牛羊肉等传统的生活模式中，他们主动改变，提高

为行动不便的老人送关怀

生活质量，做到了真正意义上的安居乐业。牧民的思想观念发生变化，他们不再是懒散的放牧人，而是利用当地资源，主动致富，牧民们从思想上发生如此大的转变，这是以前想都不敢想的事情。"

　　走出柴旦村的时候，一缕斜阳正照着这个惬意安静的小村庄，远处的达肯达坂山的红旗峰被夕阳照成了金黄色，近处的红柳迎着晚风翩翩起舞，一根根枝条像是被红霞染过了一样，婀娜的身姿在大漠雄浑之中摇曳。徜徉在如诗如画的村庄，你会被民族文化散发出来的厚重感和现代气息碰撞所产生的美折服，你不得不感叹政府的高瞻远瞩，不得不感叹建设者的勇于创新。

尾　声

　　1986 年，一个今天大家耳熟能详的组织——国务院扶贫开发领导小组办公室成立。从那一刻开始，国家作为扶贫工作最大的决策者，在扶贫工作上所下的功夫是巨大的，也是坚定的。根据《中国反贫困工作 40 年历史演进》一文作者统计，1979 年至 2018 年 3 月，国家层面共发布了 289 个与反贫困工作相关的文件。国家统计局数据显示：2018 年末，全国农村贫困人口 1660 万人，比上年末减少 1386 万人；贫困发生率 1.7%，比上年下降 1.4 个百分点。照此减贫速度，2015 年定下的 2020 年消灭贫困人口的目标，或者说全面实现小康，只差最后一步。

回顾青海 30 多年的扶贫史，海西减贫人口最多，减贫速度最快，是消除青海贫困人口的主要贡献者。也因为举措有力，有些村已经达到了小康水平。

如今，在海西 32.58 万平方公里的广袤土地上，有 51.52 万常住人口生活在这里，他们安居乐业，百姓生活幸福指数连年上升，海西也成为青海省首先实现贫困 0 指数的地区。经过 30 多年坚忍不拔、持之以恒的努力，海西州扶贫工作华丽转身，就像一只浴火重生的凤凰，给这一片土地带来了和谐稳定，带来了幸福安康！

结束采访的时候，正是深秋季节。静静地闭目思量，走马观花在这片土地走了一圈，起伏的心潮怎么也平静不下来。耳朵里依然萦绕着田园里的欢声笑语，依然萦绕着草原上高亢有力的牧歌。眼前一幅幅扶贫攻坚的画面幻灯片似的闪过，黑白的，彩色的，每一幅都是生动鲜活的故事，每一幅都让人无限动容。翻天覆地的变化，贫困的农牧民没齿难忘，搬迁的移民没齿难忘，决策者和执行者没齿难忘，这一切的一切让我没齿难忘。

秋天的海西天高气爽，秋天的海西是收获的季节。